EL GUARDAESPALDAS
QUE TEMÍA AL AMOR
Chantelle Shaw

HARLEQUIN™

Editado por Harlequin Ibérica.
Una división de HarperCollins Ibérica, S.A.
Núñez de Balboa, 56
28001 Madrid

© 2018 Chantelle Shaw
© 2019 Harlequin Ibérica, una división de HarperCollins Ibérica, S.A.
El guardaespaldas que temía al amor, n.º 2719 - 7.8.19
Título original: The Virgin's Sicilian Protector
Publicada originalmente por Harlequin Enterprises, Ltd.

I.S.B.N.: 978-84-1328-126-1
Depósito legal: M-20696-2019
Impreso en España por: BLACK PRINT
Fecha impresion para Argentina: 3.2.20
Distribuidor exclusivo para España: LOGISTA
Distribuidor para México: Distibuidora Intermex, S.A. de C.V.
Distribuidores para Argentina: Interior, DGP, S.A. Alvarado 2118.
Cap. Fed./Buenos Aires y Gran Buenos Aires, VACCARO HNOS.

MIXTO
Papel procedente de fuentes responsables
FSC® C108412

Este libro ha sido impreso con papel procedente de fuentes certificadas según el estándar FSC, para asegurar una gestión responsable de los bosques.

Capítulo 1

LA FOTOGRAFÍA que ocupaba la portada del periódico era vergonzosa. Arianna enfocó la mirada en su imagen con un biquini dorado minúsculo y bebiendo de una botella de champán, y sintió un escalofrío.

Un tiempo atrás, le hubiera dado lo mismo, pero hacía ya casi un año, al cumplir los veinticuatro, se había dado cuenta de que no conseguiría que su padre le prestara atención por más que se empeñara. Él solo quería, aparte de amasar dinero, controlarla a ella, tal y como había controlado a su madre.

Arianna había pasado muchos veranos en la villa familiar de Positano, y aunque no había llegado a aprender italiano, entendía lo bastante como para poder traducir el párrafo que acompañaba a la fotografía:

¡Los niños mimados han vuelto!
Fieles a su cita, los herederos de las familias más acaudaladas de Europa acuden a la costa de Amalfi para celebrar sus fiestas veraniegas.
Arianna Fitzgerald lo pasó en grande con su amigo y estrella de la televisión Jonny Monaghan, a bordo del lujoso yate de este.

Arianna es la hija del multimillonario diseñador de moda Randolph Fitzgerald, y es conocida en la prensa inglesa como «La persona más consentida e inútil del planeta».

Arianna dejó caer el periódico al suelo. Estaba tan desorientada que ni siquiera se planteó quién lo habría dejado a su lado, donde pudiera encontrarlo. Girándose sobre la espalda, intentó recordar por qué había pasado la noche en una tumbona al borde de la piscina. Le dolía la cabeza y tenía la boca seca. No recordaba cómo había acabado en el barco de Jonny ni cómo había llegado a Villa Cadenza. Tampoco recordaba haberse envuelto en un pareo para cubrir el indiscreto biquini que se había comprado impulsivamente en Australia.

¡Se sentía fatal! Pero no podía tener resaca porque apenas había bebido. Se preguntó si alguien habría puesto alguna droga en la botella de la que había probado un sorbo. Jonny y sus amigos, que en el pasado habían sido los de ella, consumían cocaína y otro tipo de drogas de las conocidas como recreacionales para aliviar su permanente tedio. Aunque ella había ido de fiesta como la que más, nunca había consumido drogas porque había visto el efecto devastador que tenían en algunos de sus amigos.

Mientras permanecía echada intentando reunir la suficiente energía como para levantarse y entrar en la villa, oyó pasos a la vez que un delicioso aroma a café flotó en el aire. El bueno de Filippo. El mayordomo, al contrario que la mayoría de las niñeras que su padre había contratado, siempre había sido amable con ella. Había asistido a un exclusivo internado en Inglaterra, pero su rechazo a toda autoridad, había dado lugar a que la expulsaran cuando cumplió quince años. Filippo había sido de las pocas personas que la habían aceptado siempre, tanto cuando se convirtió en una adolescente taciturna como cuando pasó a ser una joven rebelde. Además, tenía la fórmula mágica para curar una resaca. Pero lo que Arianna ansiaba en ese momento era un buen café.

Los pasos se detuvieron y Arianna frunció el ceño. Aunque nunca hubiera prestado atención al calzado de Filippo, estaba segura de que no le había visto llevar botas de cuero negras. Ni vaqueros gastados. Arianna alzó la mirada y descubrió que los vaqueros se asentaban en unas caderas delgadas, sobre las que había una camiseta negra ajustada a un estómago plano y un pecho ancho y admirablemente musculoso.

El hombre, que era definitivamente demasiado alto como para tratarse de Filippo, llevaba una bandeja. ¿Habría contratado su padre a un nuevo mayordomo? Arianna inclinó la cabeza hacia arriba para verle la cara, y el corazón le golpeó las costillas.

–¿Quién es usted? ¿Dónde está Filippo? –preguntó con una voz ronca que se dijo que se debía a la sequedad de garganta y no a que el desconocido fuera tan guapo que la había dejado sin aliento.

–Me llamo Santino Vasari. Soy su nuevo guardaespaldas –su voz grave y sonora tuvo un peculiar efecto en Arianna–. Su padre me dijo que la avisaría.

–Ah, sí –la neblina de la mente de Arianna empezó a disiparse y recordó haber recibido un mensaje de su padre al respecto. Había sido tan tonta como para alegrarse al ver el nombre de Randolph en la pantalla del teléfono y confiar en que le dijera que la había echado de menos durante los seis meses que había pasado en Australia. Pero simplemente le anunciaba que un guardaespaldas la recibiría en Villa Cadenza, y que Santino Vasari era un exsoldado que tras dejar el ejército se dedicaba a la protección privada.

Su increíble físico dejaba claro que había estado en las fuerzas armadas. Arianna se humedeció los labios y se ruborizó al ver que él se los miraba. Se sentía en desventaja, medio desnuda y sometida a su inspección. Ella estaba acostumbrada a llamar la atención y a eso había dedicado la última década, pero algo en Santino Vasari y en la inesperada reacción que había despertado en ella la impulsó a incorporarse y apoyar los pies en el suelo.

Al sentir una punzada de dolor en la cabeza, hizo una mueca, y la sonrisa de desdén que Santino esbozó la enfureció.

—Yo no he pedido un guardaespaldas. Siento que haya venido para nada, señor Vasari. No lo quiero a mi lado.

—¿Está segura?

Santino habló con la arrogancia de un hombre que sabía que cualquier mujer lo querría cerca, y Arianna tuvo que reconocer que no estaba equivocado. «Guapo» no alcanzaba a describir la belleza varonil de sus rasgos tallados; la línea pronunciada de sus pómulos, el mentón cuadrado cubierto por una recortada barba negra, del mismo color que un cabello que se curvaba rebeldemente por encima del cuello de la camiseta.

A Santino Vasari no pareció amedrentarlo su actitud hostil, sino que se acercó a ella con una calma que hizo pensar a Arianna en un león, sigiloso y decididamente peligroso. Su actitud era relajada, pero había en sus ojos, de un verde espectacular, una expresión alerta y vigilante.

A Arianna volvió a saltarle el corazón en el pecho cuando él bajó la mirada a sus senos. Percibió que se le endurecían los pezones, pero resistió el impulso de comprobar si se notaba a través del biquini. Ningún hombre había tenido aquel efecto sobre ella. De hecho, hacía tiempo que Arianna había llegado a la conclusión de que no estaba especialmente interesada en el sexo.

Alzó la barbilla y devolvió la mirada de desdén de Santino con una de indiferencia. Pero, cuando él dejó la bandeja sobre la mesa antes de aproximar una silla a su tumbona y sentarse, se le aceleró el corazón y sus sentidos se aguzaron al alcanzar su nariz la fragancia de sándalo de su loción para después del afeitado.

–Verá, Arianna… –musitó él–. ¿Puedo llamarla Arianna? Señorita Fitzgerald resulta un poco formal cuando vamos a pasar mucho tiempo juntos.

–¡Ni lo sueñe!

Santino ignoró su airada respuesta.

–Le guste o no, su padre me ha contratado para que la proteja, lo que significa que la acompañaré siempre que salga de casa.

Arianna tamborileó con sus cuidadas uñas en el brazo de la tumbona.

–¿Por qué le ha entrado a Randolph este súbito interés en protegerme? ¿Y qué le hace pensar que necesito protección precisamente aquí? Positano tiene una tasa de criminalidad bajísima y soy bien conocida en la zona. Llevo viniendo aquí desde la infancia.

–No cabe duda de que ha anunciado su llegada a Amalfi –dijo él con aspereza. Tomó el periódico–. Seguía durmiendo cuando le he traído el ejemplar de hoy. Su fotografía tonteando con su novio ha sido portada de muchos tabloides europeos y de la prensa local. Cualquiera que quiera encontrarla sabe dónde está.

Arianna se encogió de hombros para disimular su incomodidad por no haber notado su presencia mientras dormía. Le hacía sentirse vulnerable que hubiera sido el único hombre que la había visto dormir.

–No creo que nadie me esté buscando. Mis amigos saben que estoy en Positano.

No entendía por qué Santino parecía tan tenso mientras miraba el periódico, pero de pronto lo comprendió.

–No soy idiota, señor Vasari. Sé por qué le ha contratado mi padre.

Él la miró entornando los ojos, pero habló con indiferencia:

–¿Y cuál cree que ha sido el motivo?

–Randolph quiere que evite que salga en la prensa.

–No se puede negar que tiene un largo historial de meterse en líos –Santino volvió la vista a la fotografía y su mirada de desprecio hizo que Arianna sintiera una vergüenza que la tomó por sorpresa.

A ella nunca le había importado lo que pensaran

los demás, o al menos había intentado convencerse de ello. Las corrosivas palabras de la directora del colegio al expulsarla, diciéndole que si no cambiaba de actitud jamás llegaría a nada en la vida, todavía la herían. Pero Arianna intentó convencerse de que le daba lo mismo lo que pensara un hombre que probablemente tenía más músculos que cerebro.

—Beber hasta perder el conocimiento y exhibir su cuerpo como una fulana es, en mi opinión, un comportamiento estúpido —continuó Santino Vasari. Y algo en su tono hizo que Arianna se sintiera tan pequeña e insignificante como diez años atrás en el despacho de la directora.

Se quedó boquiabierta. Nadie le había hablado así en toda su vida, y le desconcertó darse cuenta de que, si su padre la hubiera criticado al menos una vez, le habría demostrado que le importaba lo suficiente. Pero su indiferencia la había llevado a comportarse como la niña mimada y consentida que salía en los tabloides y que el odioso hombre que tenía a su lado creía que era.

—Su opinión me es indiferente —dijo con frialdad.

El brillo de los ojos verdes de Santino hizo que la recorriera un escalofrío al darse cuenta de que intentaba no perder los estribos.

—Ayer se suponía que llegaba al aeropuerto de Nápoles desde Londres, pero fui a buscarla y no apareció —dijo él cortante—. ¿Cómo vino a Positano?

Arianna se encogió de hombros.

—En Heathrow me encontré con mi amiga Davina que venía a Amalfi en el avión privado de su padre y me invitó a acompañarla.

Arianna recordó entonces que el avión había aterrizado cerca de la costa de Amalfi y Davina había organizado una cita con Jonny y un grupo de amigos para ir a su yate, el *Sun Princess*.

Entre una cosa y otra, habían pasado unas treinta y nueve horas desde que Arianna había salido de Sídney, durante las que apenas había comido o bebido. Había estado demasiado cansada como para discutir cuando Jonny se empeñó en que subiera a bordo. Lo único que quería era dormir, pero con una fiesta en pleno apogeo, le había resultado imposible. Al menos tomar el sol en cubierta le había servido para cerrar los ojos. Cuando alguien le pasó la botella de champán, había dado un sorbo para saciar su sed. Había sido desafortunado que en ese momento pasara al lado del yate un fueraborda con el paparazzi que había tomado la fotografía que se había publicado en los periódicos.

Miró el atractivo rostro de Santino. Al contrario que los modelos con los que solía trabajar en sesiones de moda, que era su único trabajo conocido, no era típicamente guapo

Los rasgos duros de Santino y su poderoso físico exudaban una masculinidad taciturna que despertaba un profundo anhelo visceral en su pelvis. Esa reacción le resultó perturbadora. Durante toda su vida de adulta había interpretado el papel de sirena, tentando a los hombres con su belleza. Pero nunca había sentido ni deseo, ni química, o como se llamara aquel intenso calor que le recorría la sangre.

Inexplicablemente, tuvo la tentación de explicar la verdadera versión de lo que había pasado en el yate. Aún más peculiar fue que se planteara contarle la verdad sobre sí misma: que finalmente había madurado y que quería hacer algo con su vida. Pero Santino probablemente no la creería; ni siquiera le importaría lo más mínimo. De hecho, no le importaba a nadie. Ni a su padre, obsesionado con sus negocios, ni a su madre, que la había abandonado por un amante cuando era una niña.

Vio que Santino bajaba el émbolo de la cafetera y servía una taza de café. Alargó la mano para tomarla, pero él se la llevó a los labios y bebió.

–¡Qué buen café! –murmuró apreciativamente–. Yo que usted iría a por uno. Tiene pinta de necesitar una buena dosis de cafeína.

Arianna se ruborizó, preguntándose si tendría tan mal aspecto como Santino insinuaba. Lo cierto era que no tenía resaca, sino que estaba deshidratada.

–Suponía que Filippo le había hecho traerme el café –dijo airada.

–El mayordomo estaba preparándole un batido con lo que parecían espinacas y huevos –dijo él, encogiéndose de hombros–. Me ha dicho que es lo que suele darle cuando tiene resaca.

Destapó un plato que contenía el desayuno favorito de Arianna, que la cocinera, Ida, le preparaba siempre: panecillos recién horneados con jamón. Le rugió el estómago al ver a Santino tomar uno y darle un bocado, y le deseó que se atragantara.

–La cocinera me ha dicho que está preparando *agnello arrosto con fagioli bianco* para cenar, cordero asado con judías blancas –dijo él tras terminar el panecillo. Se reclinó sobre el respaldo y cruzó las manos detrás de la nuca, lo que hizo que se le levantara el borde de la camiseta y dejara a la vista una franja de su bronceado torso, salpicado de un vello oscuro que se perdía por debajo de la cintura de los pantalones–. Creo que voy a disfrutar de mi estancia en Villa Cadenza.

Ver su piel desnuda tuvo un extraño efecto en el interior de Arianna, que se acaloró al imaginarse la parte de su cuerpo en la que el vello era más denso, debajo de la cremallera de los vaqueros. Notó que se ruborizaba, y, cuando alzó la mirada de la bragueta de Santino, le enfureció ver que la miraba con sorna.

–No va a quedarse aquí –dijo rabiosa–. Voy a llamar a mi padre ahora mismo.

Arianna vio su bolso y su maleta cerca de la tumbona y recordó vagamente que uno de los miembros del personal de Jonny la había llevado a la villa de madrugada. La puerta principal estaba cerrada y para no despertar al mayordomo, había decidido quedarse a dormir en la tumbona.

Sacó el teléfono y marcó el número privado de su padre. Como de costumbre, contestó su asistente personal, Monica, con la excusa habitual de que Randolph estaba ocupado.

–Le diré que ha llamado. Le devolverá la llamada en cuanto pueda –dijo, aunque sabía perfectamente que Randolph jamás le devolvía las llamadas a su hija.

–Quiero dejarle un mensaje –Arianna vio que Santino se servía lo que quedaba de café y le hirvió la sangre–. Dígale que no necesito guardaespaldas y que he despedido al señor Vasari –dedicó una mirada burlona a Santino–. Va a abandonar Villa Cadenza de inmediato.

Santino deslizó la mirada por Arianna mientras ella volvía a echarse en la tumbona y continuaba hablando por teléfono. Sus bronceadas piernas no parecían tener fin, y el pareo apenas podía disimular sus tersos senos. Una urgente y aguda punzada de deseo alcanzó su ingle y se alegró de que el periódico que tenía en el regazo ocultara su abultada bragueta. Antes de acceder a ser su guardaespaldas ya sabía que era hermosa, pero no había anticipado el hambre que despertaría en él ni la ardiente lascivia que le recorrería las venas.

Recientemente, Arianna había protagonizado la campaña de lanzamiento de un famoso perfume y su imagen había aparecido en vallas publicitarias con una ropa interior de encaje negro que había encendido su deseo. El sexo se usaba indiscriminadamente para vender productos y no había duda de que todos los hombres de sangre caliente que veían esas fotografías de Arianna anhelaban recorrer sus voluptuosas curvas y besar sus sensuales labios, que eran una invitación y un reto a partes iguales. Pero eran un reto que él debía ignorar.

Cuando la había encontrado durmiendo en la tumbona, se había dado cuenta de que ninguna cámara podía captar en su justa medida la esencia de su belleza. De estructura fina y esbelta, parecía tan frágil como una figura de porcelana; era lo más hermoso que había visto en su vida. Debía de deberse a sus exquisitos pómulos y a la delicada perfección de sus facciones. Las fotografías no hacían justicia a la luminosa textura de su piel.

Cuando entreabrió los ojos al oírlo llegar, sus largas pestañas se habían levantado para observarlo con sus grandes ojos marrones salpicados de motas doradas y, por un instante, Santino creyó intuir cierta fragilidad en su mirada. Pero al instante se dijo que se la había imaginado.

Santino se masajeó la nuca para liberarse de tensión. Sus dedos se deslizaron automáticamente por debajo del cuello de la camiseta para recorrer la larga cicatriz que le había dejado su paso por Afganistán. La bala le había entrado por el omóplato izquierdo y había salido por la base de la nuca. Había sido un milagro que sobreviviera; y al igual que las imágenes de la guerra, la cicatriz no llegaría a borrarse nunca. Ni su sentimiento de culpabilidad.

Ocho años atrás, cuando su vida había pendido de un hilo en una carretera del desierto teñida de sangre, su mejor amigo y compañero del SAE, Mac Wilson, lo había arrastrado fuera de la línea de tiro. Pero aquel acto de inmensa valentía le había costado las piernas al explotarle debajo una bomba.

Santino se puso en pie y cruzó la terraza, consciente de que Arianna lo observaba. Su mente vagó a seis meses atrás, cuando Mac le había pedido que le ayudara a detener a una banda de narcotraficantes a los que hacía responsables de la muerte de su hermana. Mac estaba decidido a detener al novio italiano de Laura, Enzo, pero no tenía pruebas que demostraran que él le había proporcionado la cocaína que había acabado con su vida. Mac le había pedido que se infiltrara en la banda, que tenía vínculos con la mafia calabresa, conocida como «Ndrangheta». No había tenido que recordarle a Santino que no lo hacía él mismo porque estaba atrapado en una silla de ruedas.

Trabajando de incógnito, Santino había descubierto que además de traficar con drogas, la banda había llevado a cabo varios secuestros y había obtenido varios millones en rescates. Su siguiente objetivo era la rica heredera Arianna Fitzgerald. Los secuestradores llevaban tiempo vigilándola y sabían que pasaba el verano en Amalfi. Santino había alertado a la policía italiana, pero, cuando esta no había dado con Arianna, había ido a ver a su padre.

La cita con Randolph Fitzgerald en su lujosa casa de Kensington había tenido lugar la semana anterior.

–Quiero que sea usted quien proteja a mi hija cuando vuelva de Australia, señor Vasari. ¿Cuánto quiere? ¿Cuál es su precio?

A Santino le había irritado que asumiera que todo el mundo podía comprarse, pero supuso que era lo esperable en uno de los hombres más ricos de Inglaterra.

–No soy policía –le recordó él–. Le he dado los nombres de varias agencias de seguridad que pueden proporcionar protección para su hija.

–Su preparación en el Servicio Aéreo Especial lo convierte en la persona idónea para ello. Después de todo, ha sido usted quien ha descubierto el plan de secuestro.

Lo cierto era que el tiempo que había pasado infiltrado en la banda le había proporcionado un profundo conocimiento de cómo operaba; pero también era verdad que no tenía el menor deseo de hacer de canguro de una niña mimada que, según su propio padre, era testaruda y difícil.

Aunque las noticias sobre ella pudieran ser exageradas, Arianna se había ganado la reputación de ser una chica a la que le gustaba pasarlo bien. Durante años, su cara y su espectacular cuerpo, siempre enfundado en ceñidos vestidos, habían aparecido en la portada de todos los tabloides.

–Dejé el ejército hace tiempo y tengo una carrera profesional nueva. No necesito trabajo –le había dicho a Randolph con determinación–. Atrapar a la banda puede llevar varios meses y yo no puedo abandonar mis obligaciones tanto tiempo.

Randolph asintió.

–Sé que la cadena de tiendas de *delicatessen*, Toni's Deli, tiene franquicias en Reino Unido y varias ciudades europeas. La vendió hace año y medio y desde entonces se ha dedicado a las inversiones bursátiles.

Al ver la sorpresa de Santino, Randolph añadió:

–He hecho mis deberes, señor Vasari, y tengo una propuesta que puede interesarle.

Santino no había podido contener su curiosidad.

–Entiendo que esa propuesta depende de que yo acepte proteger a Arianna.

–Estamos preparando la salida a bolsa de Fitzgerald Design, y el precio de las acciones se ha establecido en treinta y cinco libras –el diseñador pasó a Santino un trozo de papel–. La cifra superior es el valor de la compañía; la de abajo, el número de acciones que estoy dispuesto a darle a cambio de que haga de guardaespaldas de mi hija hasta que pase el peligro.

Al ver las cifras, Santino enarcó las cejas.

–Le saldría mucho más barato contratar los servicios de una agencia de seguridad.

–Ya le he dicho que usted es la persona adecuada –Randolph se acomodó en su asiento–. Supongo que sabe que mi hija sale a menudo en las portadas de cierto tipo de prensa. Una parte importante de su trabajo será aislarla de los paparazzi y evitar que cope titulares.

Era evidente que Randolph asumía que su oferta económica lo había convencido, pero Santino seguía preguntándose si las acciones le compensarían por proteger a una joven que parecía ser una impertinente niña bien.

Inicialmente, había querido ayudar a su amigo Mac a hacer justicia por la muerte de su hermana. Pero, en aquel momento, Arianna estaba amenazada por una gente cuya crueldad no tenía límite.

Randolph se inclinó sobre el escritorio como si le leyera el pensamiento.

–Tengo la seguridad de que su entrenamiento en el SAE lo convierte en la persona ideal para proteger a mi hija. ¿Qué me dice?

Santino solo pudo contestar una cosa:

–Está bien. Seré el guardaespaldas de Arianna hasta que detengan a la banda.

–Hay un problema –Randolph vaciló–. Arianna no debe saber la verdadera razón de que lo haya contratado.

Al ver que Santino fruncía el ceño, el multimillonario se apresuró a añadir:

–Mi hija es muy volátil. Ha visitado a varios psi-
cólogos –Randolph se encogió de hombros–. Hace
un año tomó una sobredosis y pasó varias semanas
en el hospital. Me preocupa cómo pueda reaccionar
si sabe que la mafia pretende secuestrarla. Creo que
para su estabilidad emocional es mejor que no lo
sepa.

–Será mucho más difícil protegerla si no es consciente del peligro que corre –dijo Santino.

–Por eso lo he elegido a usted –replicó Randolph–.
Puede decirle que el lanzamiento de Fitzgerald Design va a tener mucha publicidad. Confío en que usted será capaz de mantener a mi hija a salvo, señor
Vasari.

Santino volvió al presente y maldijo entre dientes
mientras miraba la figura casi desnuda de Arianna
echada sobre la tumbona. La fantasía de desnudarla
completamente y acariciarle los tersos senos nunca
se haría realidad. En su paso por el ejército había
adquirido el sentido del deber y del honor. El padre
de Arianna había confiado en él, lo que significaba
que la exquisita señorita Fitzgerald era territorio pro-
hibido.

Capítulo 2

ME TEMO que no puede despedir al señor Vasari –dijo la asistente de Randolph con el tono paternalista que tanto irritaba a Arianna–. Tengo su contrato firmado por su padre sobre el escritorio.

–Me da lo mismo que haya un contrato –replicó Arianna agitada, poniéndose en pie de un salto–. Es intolerable. No quiero un guardaespaldas.

–Su padre me ha dicho que, si rechaza la protección del señor Vasari, cancelará su asignación mensual –declaró Monica fríamente–. Durante su estancia en Positano, el señor Vasari se alojará en Villa Cadenza y la acompañará allá donde vaya.

Arianna se quedó muda unos segundos. Era la primera vez que su padre usaba el dinero para controlarla y la rabia le recorrió las venas como lava ardiendo. Un año atrás había decidido montar su propio negocio de diseño para no depender de la asignación que recibía mensualmente, pero todavía no había conseguido independizarse. Su desconocimiento empresarial y las dudas sobre sus propios diseños habían impedido que hiciera su sueño realidad. Hacía poco, había dado un nuevo paso adelante, pero para ponerlo en práctica necesitaba usar todo el dinero que había heredado de su abuela, lo que significaba que durante un tiempo seguiría dependiendo de su padre.

Pero se negaba a que un guardaespaldas se convirtiera en una presencia constante en su vida privada, y más aún si se trataba de un hombre tan arrogante como el que la estaba observando con una total indiferencia.

Arianna no estaba acostumbrada a recibir ese trato. Había atraído la atención masculina desde que a los trece años había empezado a transformarse en el tipo de mujer con el rostro y el cuerpo voluptuoso que todo hombre deseaba tener a su lado. Inicialmente, su poder la había asustado, pero con el tiempo había aprendido a utilizar sus atributos femeninos en su favor.

A su pesar, desvió la mirada hacia Santino y descubrió en sus ojos verdes un brillo depredador que le prendió una llamarada en la boca del estómago. Pero, en cuanto le vio entornar los ojos con desdén, se dijo que se lo había imaginado.

Le dio la espalda y bajó la voz. Monica trabajaba para su padre desde hacía años y lo protegía con fiereza. Tanto que Arianna se había sentido a menudo celosa de la relación que había entre ellos.

–Por favor, deje que hable con Randolph –musitó.

–Lo siento. Está reunido, pero le diré que ha llamado –dijo Monica, y colgó antes de que Arianna respondiera.

Arianna tiró el teléfono sobre la tumbona, pero rebotó y cayó al suelo ruidosamente. Lo recogió y maldijo al ver una raja en la pantalla.

–Debería tener cuidado –el tono burlón de Santino la sacó de sus casillas.

–¡Y usted debería irse de mi casa! –le espetó.

Santino se aproximó a ella con una premeditada lentitud.

–Esta no es su casa, sino la de su padre, que es quien paga mi salario –dijo pausadamente–. Mis instrucciones son acompañarla siempre que salga.

Aunque no especificara que debía mantenerla alejada de los paparazzi, Arianna estaba segura de que su padre lo había contratado con ese propósito. Sabía que Fitzgerald Design estaba a punto de salir a bolsa, y suponía que Randolph quería evitar toda publicidad que pudiera alterar el precio de las acciones.

–Lo está pasando en grande, ¿verdad? –dijo enfadada. Le habría encantado borrarle la sonrisa de una bofetada.

Él la miró con impaciencia.

–La verdad es que no tengo especial interés en cuidar de una niña consentida que no valora lo que tiene. Su padre cree que algunos de sus amigos consumen drogas y está preocupado por usted.

–A mi padre no le preocupo yo, sino el buen nombre de su compañía. Pero ya que no puedo echarlo, tendrá que alojarse con el resto del personal.

–Randolph me invitó a disfrutar de las comodidades de Villa Cadenza. Voy a dormir en la habitación de invitados que se encuentra junto a la suya –Santino sonrió cuando ella le dirigió una mirada incendiaria–. Pronto se acostumbrará a mi presencia. Y

puede que hasta llegue a disfrutar de mi compañía.
Estaba pensando en darme un baño en esa increíble
piscina de horizonte infinito. ¿Quiere acompañarme?

–No.

Arianna habría querido gritar y patalear como solía hacer de pequeña, a pesar de que una de sus niñeras le había dicho que cuanto más se portara como
una niña mimada, menos atención le prestaría su
padre.

Santino se había acercado al borde de la piscina y,
sin pararse a pensarlo, Arianna corrió hacia él con
los brazos estirados para empujarlo. Aunque estaba
delgada y no hizo el menor ruido, Santino debió de per-
cibirla a su espalda, porque se echó a un lado de un
salto. Sin tiempo para detenerse, Arianna perdió el
equilibrio y cayó al agua dando un grito.

Emergió tosiendo y escupiendo. El agua la espa-
biló y por un instante, antes de comprobar que hacía
pie, la asaltó el pánico. Se sintió como una idiota por
haber tenido un comportamiento tan infantil, y la risa
de Santino le indicó que él era de la misma opinión.
Ella se acercó a la escalerilla y la subió, ignorando la
mano que él le tendió para ayudarla.

–Veo que ha cambiado de idea respecto a darse un
baño –bromeó él.

Arianna vio que el pareo flotaba en el agua y masculló:

–Váyase al infierno.

–Ya he estado en él –del tono de Santino desapareció todo atisbo de broma–. La provincia de Helmand era un infierno que poca gente, y menos al-

guien tan privilegiado como usted, se puede imaginar. Durante mi estancia en Afganistán vi morir a muchos hombres buenos, algunos de ellos, mis mejores amigos.

–No sé demasiado sobre la guerra de Afganistán –admitió Arianna.

–Ya lo supongo. Los informes de guerra y el número de caídos no suele aparecer en las columnas de cotilleos. Pero le aseguro que el infierno es una fiesta comparado con la guerra en el desierto.

Claro, tenía que ser un héroe de guerra, pensó Arianna, sintiéndose de nuevo avergonzada de no haber hecho en su vida nada de lo que sentirse orgullosa.

Tomó su larga melena entre las manos y después de escurrirla de agua, se la echó hacia atrás. Santino emitió un sonido que hizo pensar a Arianna que había estado conteniendo la respiración, y cuando vio que la observaba como si quisiera devorarla sintió una descarga eléctrica en su interior.

Era consciente de que sin el pareo, el biquini apenas la cubría. Al echarse el pelo hacia la espalda, se le habían elevado los senos y se dio cuenta de que sus pezones endurecidos se notaban provocativamente debajo del sujetador mojado.

Santino se acercó a una pila de toallas que había en un lateral y volvió junto a Arianna con una de ellas.

–Aquí tiene. Será mejor que se tape. Se ve que tiene frío –dijo, posando la mirada deliberadamente en los prietos pezones de Arianna.

Su tono burlón se tiñó de algo más perturbador

que le puso la carne de gallina e hizo que se le llenaran los senos. Su mirada estaba cargada de un ardiente deseo y Arianna experimentó la satisfacción de saber que a Santino le irritaba sentirse atraído por ella.

—No tengo frío —musitó sin tomar la toalla. Ladeando la cabeza, observó a Santino disfrutando de sentirse poderosa—. Ahora que me he mojado, puede que vuelva al agua —tras una pausa, continuó—: ¿Lleva bañador? Yo a veces tomo el sol desnuda. Espero que no le moleste.

Santino entornó los ojos.

—Sé que le gusta jugar, Arianna, pero conmigo no va a servirle de nada —sonrió con desdén cuando ella abrió mucho los ojos con fingida inocencia—. Sé de sus numerosos romances con celebridades, y he visto sus fotografías vestida tan provocativamente que hasta una fulana se ruborizaría. Puede usar todos los trucos que quiera, pero no conseguirá impedir que haga el trabajo para el que me ha contratado su padre.

—Claro, todo lo que aparece en la prensa es verdad —dijo ella bruscamente.

Las palabras de Santino le habían hecho sentirse como una cualquiera. Había pasado los últimos años intentando castigar a su padre por no prestarle atención y para ello había buscado la de los paparazzi, con el comportamiento que le había hecho ganarse la etiqueta de niña rica y consentida. Pero con ello solo había conseguido hacerse daño a sí misma.

El desdén de Santino la dejó en carne viva y la enfureció. ¿Qué derecho tenía a juzgarla? Actuaba como un santo, pero ella había descubierto que podía ser su talón de Aquiles, y eso le permitió ocultar su dolor tras una fachada de osadía, tal y como había aprendido a hacer desde pequeña.

Tomó la toalla de la mano de Santino y la dejó caer al suelo antes de dar un paso hacia él. Al ver que cruzaba los brazos en un gesto defensivo, esbozó una sonrisa.

–Parece preocupado, Santino. ¿Cómo cree que intentaré impedirle hacer su trabajo? –musitó, recorriéndole un brazo con los dedos.

El gesto de Santino se endureció.

–Se lo advierto, Arianna –dijo con aspereza–. No soy uno de esos jovencitos con los que tontea. No ponga a prueba mi paciencia.

–¿Cómo podría hacer eso? –ronroneó ella.

El sentido común le dictaba que entrara en casa de inmediato y conservara la poca dignidad que le quedaba. Pero el tono despectivo de Santino había despertado en ella el sentimiento de humillación que tanto odiaba, y decidió demostrarle que no podía tratarla como si fuera una don nadie.

–¿Esto pone a prueba su paciencia? –preguntó con dulzura, subiendo la mano hacia su hombro y palpando sus músculos bajo la camiseta.

Santino ralentizó la respiración mientras Arianna continuaba su exploración con el corazón acelerado. Le pasó los dedos por el mentón, luego por los labios y, acercándose aún más a él, alzó la barbilla para mirarlo a los ojos.

La mirada salvaje que él le dedicó la amedrentó, pero Arianna ya no podía dar marcha atrás sin hacer el más absoluto ridículo. Tomando el rostro de Santino entre las manos, se puso de puntillas y pegó sus labios a los de él. Sin parpadear, Santino mantuvo los brazos cruzados como una pared de granito.

Desesperada por conseguir algún tipo de reacción, Arianna le mordisqueó el labio inferior. Santino permaneció callado, pero su pecho se agitó.

–No diga que no le he avisado –dijo entonces con voz cavernosa.

Súbitamente descruzó los brazos y la sujetó por los hombros. Arianna pensó que la empujaría, pero la atrajo hacia sí hasta que sus senos quedaron presionados contra su pecho. Sus ojos verdes se entornaron y Arianna vio en ellos ardor y furia. Pero inclinó la cabeza y atrapó su boca en un beso abrasador que ella sintió como si quisiera marcarla a fuego.

Nada podía haberla preparado para la sacudida que sintió en el alma cuando él usó la lengua para abrirle los labios. El calor de su cuerpo le resultó peligrosamente adictivo, y, cuando Santino la encerró entre sus brazos como si fueran dos barras de acero, Arianna se derritió en la hoguera de su abrazo.

El beso de Santino hizo realidad todas sus fantasías. Experto y decidido, exigía una respuesta que ella no podía negarle. Cerró los ojos y sus sentidos se deleitaron con la sensación de sus labios recorriendo los de ella, con el sabor de su boca, que despertó cada célula de su cuerpo.

Buscando una mayor proximidad, presionó su pelvis contra la de él. Encajaban como dos piezas de un puzle. Pero antes de que Arianna pudiera registrar el

asombroso abultamiento que evidenciaba la excitación de Santino debajo de los vaqueros, él alzó la cabeza, volvió a poner las manos en sus hombros y en
esa ocasión, la separó con tanta fuerza que Arianna se
habría caído de no haberla sujetado él.

–¿Qué piensa hacer ahora, Arianna? –preguntó él
con un desdén que no contenía ni un ápice de la pasión que acababa de estallar entre ellos–. ¿Va a acu-
sarme de abusar sexualmente de usted para conseguir que me despidan? No sé si funcionará, princesa.
Sería su palabra contra la mía.

Arianna comprendió que insinuaba que nadie la
creería a ella. Después de todo, no era más que la
chica conocida por su escandaloso comportamiento
y por tener una ristra de amantes famosos. Necesitó
toda su fuerza de voluntad para no dejarle ver hasta
qué punto había conseguido herirla.

–Jamás haría una acusación en falso –dijo en tensión–. Sería una vergüenza cuando hay tantas mujeres que son verdaderamente víctimas de abusos.

Santino la miró sorprendido, pero se encogió de
hombros y dijo:

–¿Entonces para qué me provoca? Le he adver-
tido que no juegue conmigo. Su padre me ha contratado como su guardaespaldas, y debo aclararle que
entre mis deberes no está el de entretenerla sexualmente. Así que, si eso era lo que esperaba, siento de-
fraudarla.

Arianna habría querido que se la tragara la tierra,
pero consiguió forzar una sonrisa tan fría como una
capa de hielo.

–¡Qué desilusión! –hizo un mohín teatral–. Al

menos ahora sé que no se ahogará en la piscina, señor Vasari: su inflado ego lo mantendrá a flote.

Santino dejó caer los brazos y apretó los puños
mientras Arianna daba media vuelta y se iba hacia la
casa. «Espero que estés contento», se dijo, irritado
consigo mismo. Para hacer su trabajo, era crucial
ganarse la confianza de Arianna y lo único que había
conseguido era ofenderla.

Si le quedara algo de sentido común, apartaría la
mirada de sus perfectas nalgas, pero, al igual que su
autocontrol, lo había perdido en cuanto ella había
puesto sus labios en los de él.

Arianna desapareció tras la puerta de cristal de la
casa y solo entonces se dio cuenta Santino de que
estaba conteniendo el aliento. Se le dilataron las ale-
tas de la nariz, porque, aun a distancia, el olor de su
perfume, una interesante mezcla de flores exóticas y
de algo más acre y sensual, le aguzó los sentidos.

¿Por qué demonios la había besado? No podía
escudarse en el hecho de que ella hubiera empezado.
Debería haberse separado de ella, pero Arianna había
actuado con una tentativa inocencia que lo había tomado por sorpresa. Porque según lo que sabía de
Arianna Fitzgerald, era de todo menos inocente.

Lo cierto era que su capacidad de pensar racionalmente se había nublado en cuanto, al posar la mirada
en ella, había sentido una sacudida de deseo tan intensa en la ingle que le había resultado dolorosa, como
si le hubieran dado un puñetazo en el pecho y no pudiera respirar.

Esa reacción lo había desconcertado. Estaba rodeado de mujeres hermosas con las que disfrutaba de un sexo sin complicaciones sentimentales. Mujeres inteligentes, elegantes y discretas, que no copaban la prensa sensacionalista medio desnudas.

Todo lo que había oído sobre ella confirmaba su idea de que era una niña consentida. En las fotografías en las que aparecía vestida, se veía que tenía gustos caros que sin duda pagaba un padre que la adoraba a pesar de su vergonzoso comportamiento. En resumen, Arianna era el tipo de mujer que él despreciaba, pero a su libido le daba lo mismo y tenía una erección que le presionaba con fuerza la bragueta de los vaqueros.

El agua turquesa de la piscina espejeaba tentadora bajo el sol. Mientras esperaba a que Arianna se despertara, se había puesto un bañador debajo de la ropa por si le daba tiempo a darse un baño. Apretó los dientes al recordar el comentario de Arianna de que le gustaba tomar el sol desnuda. Saber que era una provocadora coqueta intensificó su pulsante erección. Maldiciéndose por ser tan débil, se quitó la ropa y, sumergiéndose en el agua, nadó hasta que le dolieron los hombros y el oxígeno le quemó los pulmones.

Más tarde, Santino inspeccionó los terrenos de la villa y le preocupó la ausencia de medidas de seguridad. El mayordomo le había dicho que la puerta principal se cerraba con llave por la noche, pero que a Arianna le gustaba dormir con la ventana de su dormitorio abierta. La facilidad con la que se accedía a Villa Cadenza desde la playa era un problema añadido. Los secuestradores podrían trepar el muro, llevarse a Arianna por una puerta que conducía a la playa y subirla a una lancha sin que nadie de la casa se enterara.

En el momento en el que Santino entraba en la casa oyó un coche. Corrió hacia la parte trasera y vio alejarse las luces de un coche que había visto aparcado en el garaje. Sabía que era el coche de Arianna, y aunque se enfureció con ella por ser tan díscola, lo hizo aún más consigo mismo por no haberla tenido vigilada.

–¿Ha dicho Arianna dónde iba? –preguntó a Filippo.

El mayordomo negó con la cabeza.

–No, pero suele ir al salón de belleza del pueblo; y junto a la playa está Giovanni's, un bar popular donde suele encontrarse con sus amigos.

En el garaje había también un cuatro por cuatro con las llaves puestas. Santino se subió de un salto y arrancó. La carretera de montaña discurría por una zona deshabitada y le preocupó que los secuestradores tendieran una emboscada a Arianna. En cuestión de segundos descendía a toda velocidad, ciñéndose a las cerradas y peligrosas curvas.

A pesar de que le hervía la sangre, le resultó imposible no admirar el espectacular paisaje. Los imponentes acantilados, poblados de limoneros, descendían hasta la costa. En el horizonte, el azul del mar Tirreno centelleaba bajo el brillante sol. Y aunque la costa se parecía a la de su lugar de nacimiento y el que consideraba su hogar, Sicilia, la diferencia fundamental era que Positano, como otros pueblos de la zona de Amalfi, se había convertido en el destino turístico de las celebridades.

Al tomar otra curva, el pueblo se presentó a sus ojos en toda su pintoresca belleza. Casas de color rosa, ocre y terracota colgaban arriesgadamente de los acantilados como si pudieran caer rodando hasta el mar. En el centro del pueblo se alzaba la iglesia de Santa Maria Assunta, con su llamativa cúpula de teselas azules, verdes y amarillas. Pero Santino mantenía la vista fija en el deportivo plateado que iba delante de él, que tuvo que frenar al encontrarse con un autobús.

Era imposible adelantar en la estrecha carretera y pasaron cinco minutos antes de que el autobús se detuviera en una parada. Un kilómetro más adelante, Arianna tomó una calle empinada y Santino la siguió. La mayoría de Positano era peatonal y los turistas tenían que dejar el coche en los aparcamientos que había a las afueras, pero Arianna continuó hasta un aparcamiento para residentes.

Santino paró detrás del deportivo, saltó del coche, fue hasta el de Arianna y quitó la llave del contacto sin darle tiempo a reaccionar.

–Es usted realmente insoportable –dijo ella lánguidamente, aunque Santino notó que se esforzaba por contener la rabia.

–No me ha parecido que pensara eso cuando me ha besado –sintió una punzada de satisfacción al ver que Arianna se mordía el labio inferior, pero se dijo que su aparente vulnerabilidad era solo fingida.

Unas gafas de sol le tapaban los ojos y le resultó imposible saber qué pensaba. Estaba informal y elegante con unos vaqueros ceñidos blancos, una camiseta de rayas azules y blancas y un pañuelo de seda rojo que le retiraba el cabello cobrizo de la cara. Llevaba un lápiz de labios del mismo color y Santino tuvo que reprimir el descabellado impulso de besarla hasta borrárselo completamente.

–¿Por qué no me ha dicho que iba a salir?

–Porque voy al salón de belleza –dijo ella en tono de hastío, indicando con la cabeza un local con el nombre *Lucia's Salon*–, y no necesito un guardaespaldas mientras me hago la manicura –levantó las manos–. Como ve, no hay ningún paparazzi que pueda informar de mi mal comportamiento y avergonzar a mi querido papaíto.

Comenzó a caminar hacia el salón y miró enfurecida a Santino cuando vio que caminaba a su lado.

–Si insiste en quedarse, tendrá que esperar fuera, pero no me eche la culpa si se aburre, señor Vasari.

–Dudo que a su lado eso sea posible –dijo él cortante–. Y pensaba que habíamos acordado dejarnos de formalidades, Arianna.

Ella se giró hacia él y, clavándole el índice en el pecho, dijo:

–Yo no he acordado nada, y menos que uno de los esbirros de mi padre me controle cada segundo. Le exijo que me deje un poco de libertad.

A pesar de haberse dicho que debía ganarse su confianza, Santino se enfureció. Habría querido decirle que, lejos de ser un esbirro de su padre, Randolph le había suplicado que la protegiera.

–No está en condiciones de exigir nada. No olvide que su padre ha amenazado con retirarle la asignación mensual si rechaza mi protección. ¿De qué viviría entonces? –preguntó con desdén–. No tiene precisamente una carrera profesional de éxito con la que sufragarse su estilo de vida. No es más que una parásita de su padre.

–Cuando quiera sus consejos, se los pediré –replicó Arianna, volviendo a clavarle el dedo en el pecho.

–Haga eso otra vez y se arrepentirá.

–¿Qué va a hacer? –la voz grave de Arianna sonó burlona–. Va a echarme en su regazo y a azotarme.

Sus palabras evocaron una imagen erótica en Santino que reavivó su deseo violentamente.

–¿Le gustaría que lo hiciera? ¿Le van esos juegos? –preguntó despectivamente, conteniendo las ganas de tirar de ella y besarla.

Era la mujer más insufrible que había conocido, y no conseguía comprender por qué le hacía sentirse más vivo de lo que se había sentido en años.

Alargó la mano y le quitó las gafas. Arianna parpadeó.

–Devuélvamelas inmediatamente.

Santino chasqueó la lengua.

–Pruebe a decir «por favor», ¿o es que sus padres no le enseñaron buenos modales?

Los ojos de Arianna brillaron con una emoción que Santino descartó al instante que pudiera ser tristeza. Era hermosa, rica y lo tenía todo en la vida.

–Mi madre se fugó a Australia con su amante cuando yo tenía once años –dijo ella con frialdad–.

Mi padre no supo cómo enfrentarse a mi «difícil comportamiento» porque lloraba todas las noches. Estaba tan desesperado por que volviera al internado que me llevó él mismo. Es la única vez que ha mostrado el más mínimo interés por mi educación. No volví a verlo hasta varios meses después.

Le quitó a Santino las gafas de la mano y, poniéndoselas, añadió con rotundidad:

–Lo único que he aprendido de mis padres es a cuidar de mí misma, porque a ellos no les importo lo más mínimo.

Capítulo 3

ARIANNA lamentó no hablar mejor italiano cuando intentó explicar a la recepcionista del salón de belleza que, si el hombre que esperaba al otro lado de la calle preguntaba por ella, le dijera que la señorita Fitzgerald estaba haciéndose la cera.

–¿Tiene cita? –preguntó la chica, mirando el cuaderno de reservas.

–No –Arianna sacó unos billetes de la cartera–. Solo quiero que le diga a ese hombre que voy a pasar unas horas en el salón, *per favore*.

Dio los billetes a la sorprendida recepcionista antes de salir del edificio por la puerta trasera hacia un patio que había descubierto en su última estancia en Positano. La puerta adyacente se abría a unas escaleras que accedían a un amplio taller. Allí había varias mesas con máquinas de coser, así como numerosos maniquíes envueltos en tela.

–Llega tarde –la mujer que saludó a Arianna era baja y rechoncha, con el cabello negro recogido en un moño y mirada severa–. Si quiere aprender a coser de la mejor modista de la costa de Amalfi, espero que aprenda a llegar puntual.

–Lo siento… *mi dispiace* –contestó Arianna avergonzada.

Rosa le dio un retal de muselina.

–Veamos si recuerda algo de lo que le enseñé el verano pasado. Empiece por demostrarme que puede hacer una costura francesa.

Arianna asintió y se puso a trabajar de inmediato. Durante años, se había resistido a seguir los pasos de su padre como diseñadora de ropa, pero un año atrás había llegado a la conclusión de que no desarrollar su creatividad estaba haciéndola infeliz. Tenía una habilidad natural para el diseño y los figurines de moda, y le encantaba jugar con distintos materiales, texturas y colores. Sabía instintivamente si una prenda estaba bien hecha, la importancia de cómo caía una tela y la necesidad de un buen corte para conseguir una prenda verdaderamente bonita.

El verano anterior, había encargado un vestido de noche a una diseñadora y modista local, Rosa Cucinotta. Rosa le había enseñado su taller y Arianna había decidido en ese instante que quería hacer una carrera profesional como diseñadora. Pero aunque dibujaba bien, necesitaba aprender a coser, a hacer patrones y a montar prendas.

Desestimó la idea de matricularse en una escuela de moda en Inglaterra por temor a que la prensa o su padre se enteraran. Si llegaba a tener éxito, quería que fuera por su propia valía, no por el dinero ni la ayuda de Randolph.

Había convencido a Rosa de que le diera clases, y al volver a Londres había estudiado con Sylvia Harding, una famosa diseñadora ya jubilada que había vestido a la realeza. Además, durante los seis meses que había pasado en Australia, había colaborado con un par de jóvenes diseñadores de Sídney. Por primera vez en su vida había tenido que trabajar intensamente, y le había encantado.

Pasó la siguiente hora concentrada en cortar y colocar alfileres en la tela antes de usar la máquina de coser para hacer una costura con la que esperaba satisfacer las elevadas expectativas de Rosa. Cuando terminó, se sintió razonablemente contenta con el resultado. Estaba sentada junto a una ventana desde la que veía a Santino, que tomaba un café en una mesa de la cafetería que estaba al otro lado del salón.

La presencia del guardaespaldas iba a complicar su plan de pasar varias horas al día en el taller. Habría sido más fácil decirle a Santino lo que estaba haciendo, pero se resistía a contarle sus sueños de llegar a tener una marca de moda propia.

Se le hizo un nudo en el estómago al recordar que la había acusado de ser un parásito de su padre. Con veinticinco años, Arianna sabía que debería ser independiente, aunque muchos de sus conocidos, hijos de familias millonarias, vivieran de sus padres o de sus herencias. Pero ella quería ser ella misma… aunque no supiera qué significaba eso. Había dedicado su adolescencia y los últimos años de su vida a odiar a su padre, pero solo había conseguido convertirse en alguien que no le gustaba y a quien no respetaba.

Al mirar a Santino se quedó sin aliento. Tenía las piernas estiradas ante sí y sus impresionantes bíceps podían intuirse bajo las mangas de la camiseta. Arianna había visto que tenía tatuado un tigre rugiendo en la parte superior del brazo derecho. En ese momento, Santino miró el reloj. Debía de estar aburrido, pero tendría que acostumbrarse. Tal vez el aburrimiento era la clave para conseguir que dimitiera.

–¿Está cosiendo o admirando el paisaje? –preguntó Rosa con aspereza.

Arianna giró la cabeza y notó que se ruborizaba al ver que la modista se acercaba y miraba a Santino.

–¿Es su amante?

–¡No! ¡Claro que no!

–¡Qué pena! –Rosa se encogió de hombros–. Es muy guapo –tomó el trozo de tela en el que Arianna había estado trabajando y lo inspeccionó–: *Eccellente*. Ha mejorado mucho. Aunque le queda mucho por aprender, veo que tiene mano.

–Gracias –Arianna volvió a ruborizarse porque no estaba acostumbrada a que la halagaran.

Era consciente de que en parte era culpa suya. Su obsesión por llamar la atención de su padre le había hecho cometer todo tipo de estupideces, pero ni siquiera había conseguido que le mostrara algún interés enfadándose con ella. Además, Randolph viajaba constantemente, lo que intensificó su sensación de abandono, el mismo que había sentido de forma devastadora cuando su madre la había abandonado de pequeña.

Ver a Celine en Sídney después de más de una década había sido una experiencia extraña, y más aún saber que tenía un hermanastro, Jason, de quince años. Su madre le había explicado que estaba embarazada de su amante ya antes de dejarlos a ella y a su padre. Había intentado llevarse a Arianna con ella, pero Randolph se había negado y a cambio le había ofrecido una generosa cantidad de dinero para que le cediera la custodia y no intentara nunca ponerse en contacto con ella.

Celine había sacrificado la relación con su hija y había aceptado el dinero de Randolph, y aunque Arianna comprendiera sus razones, no le resultaba menos doloroso sentirse como un peón en la amarga ruptura de sus padres.

Al menos habían retomado su relación y, aunque nunca tendrían el vínculo normal entre una madre y una hija, Arianna había prometido a Celine que iría a visitarlos a ella y a Jason. Estaba a punto de empezar un nuevo capítulo de su vida y de lanzar su carrera profesional. Por primera vez tenía un propósito y la determinación de alcanzar el éxito.

Su inesperada fascinación por Santino Vasari era completamente inapropiada. Volvió la mirada de nuevo hacia él. No tenía sentido que le atrajera uno de los esbirros de su padre. Sabía que Randolph lo había contratado para que controlara su comportamiento, y Arianna no comprendía por qué le tentaba contarle que la mayoría eran historias inventadas por los paparazzi, que había fingido ser una mariposa social, saltando de fiesta en fiesta, de un amante a otro, para castigar a su padre y recordarle que existía.

Pero admitirlo sería tanto como arrancarse la máscara tras la que se ocultaba y dejar expuesta a la verdadera Arianna Fitzgerald, la mujer vulnerable y frágil, la chica solitaria a la que todo el mundo abandonaba. No podía permitir que un hombre perturbador la desviara de su camino. Estaba empezando un viaje de autodescubrimiento y un hombre de la sensualidad de Santino Vasari representaba una distracción demasiado peligrosa.

–Juraría que lleva la uñas del mismo color que antes de ir al salón de belleza hace dos horas –dijo Santino cuando Arianna se aproximó a su mesa.

Se puso en pie y ella tuvo que alzar la barbilla para mirarlo a la cara. Arianna odiaba lo pequeña que le hacía sentirse, y no tanto por su imponente físico como por el aire de autoridad y poder que debía de haber adquirido en el ejército.

Se encogió de hombros.

–Son acrílicas y tengo que cambiarlas cada dos semanas. Ya le he dicho que se aburriría –declaró con una sonrisa falsa.

Santino frunció el ceño.

–¿De verdad no puede pensar en nada más interesante que cuidar de su cuerpo?

–Será mejor que recuerde que es un empleado, no mi guía espiritual –replicó Arianna enfadada. Dio media vuelta y pasó de largo junto a su coche–. Acabo de hablar con mi amigo Jonny y voy a pasar la tarde en su yate. No necesito un guardaespaldas –dijo a Santino por encima del hombro–. Vuelva a la villa. Le llamaré para que venga a recogerme.

Aceleró el paso por las calles peatonales, pasando junto a restaurantes, galerías de arte y boutiques. Durante el verano, Positano estaba lleno de turistas y tuvo que abrirse camino entre ellos para bajar a la playa. Cuando estaba a punto de entrar en Giovanni's, percibió a alguien a su espalda y al volverse lanzó una mirada de indignación a Santino.

–Váyase –dijo entre dientes–. No puedo disfrutar con mis amigos si está cerca. No quiero decir que es mi… –había estado a punto de decir «cuidador», pero se interrumpió.

–Su canguro –se burló Santino–. No se preocupe, seré discreto –dijo él, siguiéndola al interior con indiferencia.

Arianna se encontró con la mayoría de los amigos que había visto la tarde anterior. Se sentó junto a Davina Huxley-Brown y pidió una copa. En realidad, habría querido volver a Villa Cadenza y trabajar en sus diseños, pero era la tarde libre de Filippo e Ida, y la idea de estar a solas con Santino en la villa la incomodaba. Por eso había aceptado la invitación de Jonny.

–Jonny va a mandar una motora para recogernos –dijo Davina–. ¿Quién es el tío bueno con el que has venido?

Arianna fingió sorpresa.

–No he venido con nadie.

–¡Qué pena! Te iba a pedir que me lo presentaras.

Arianna siguió la mirada de su amiga y vio a Santino charlando con las gemelas holandesas Poppy y Posy van Deesen. Al verlo coqueteando con ellas, Arianna pensó, apretando los dientes, que resultaba tan discreto como una bomba nuclear. En ese momento, él la miró y la pilló observándolo. Retirando la vista, dio un sorbo a su copa.

La lancha alcanzó el embarcadero de madera situado junto a la playa y Arianna y algunos otros subieron. Ella se puso el chaleco salvavidas de inmediato, aunque los demás no lo hicieran. Unos minutos más tarde, se aproximaban al *Sun Princess*, que estaba fondeado en la bahía.

–Tienes mejor aspecto que ayer –la saludó Jonny. Hizo una señal a un camarero para que le diera una copa de champán.

En lugar de rechazarla, Arianna la tomó y avanzó por la cubierta, buscando dónde dejarla. Tenía la extraña sensación de estar siendo observada, y al volverse, vio que el camarero la miraba de una manera que le hizo sentir un escalofrío.

Se volvió de nuevo al oír una voz familiar, y le hirvió la sangre al ver que Santino subía al barco seguido por las gemelas. La lancha había vuelto a recoger a los demás invitados y, evidentemente, había conseguido que lo incluyeran. Llevaba a cada una de las gemelas colgada de un brazo.

–Este es Santino –anunció Poppy–. Estaba solo en el bar y le hemos dicho que viniera. Espero que no le importe a nadie.

–En absoluto –masculló Davina–. Yo lo entretendré encantada –miró a Arianna–. Llevas mucha ropa, cariño, ¿no vas a cambiarte?

–He olvidado traer el biquini.

–Yo tengo uno de sobra –Davina sacó uno turquesa del bolso–. Puede que la copa de la parte de arriba sea un poco pequeña –se encogió de hombros–, pero así estarás más sexy.

Lo último que quería era estar sexy, pensó Arianna al volver a cubierta con el biquini. La parte de arriba no tenía tirantes y temía moverse por si los senos se le salían de las copas. Miró al otro lado y vio a Santino rodeado de un grupo de chicas, incluidas las gemelas y Davina.

Siguiéndola al yate había excedido sus funciones de guardaespaldas, pero entonces recordó que su verdadera función era evitar que saliera en los periódicos. Se echó en una tumbona y ojeó una revista, pero le resultó imposible concentrarse porque oía la sexy voz de Santino mezclada con las risas de la bandada de adoradoras que lo rodeaba.

Era evidente que estaba demasiado ocupado pasándolo bien como para fijarse en ella. Arianna sintió una punzada de celos que le hizo irritarse consigo misma. Ella ya no necesitaba ser el centro de atención. Había madurado y tomado las riendas de su vida, o al menos pensaba hacerlo. Santino le hacía revertir a la vieja Arianna, alguien que se había jurado no volver a ser.

Jurando entre dientes, se puso en pie y caminó por la cubierta en dirección contraria a Santino. En la popa vio a Hugo Galbraith, con quien había salido brevemente, que estaba a punto de montarse en una moto de agua.

–Súbete –le dijo–. Te llevo a dar una vuelta.

Arianna giró la cabeza y vio a Posy van Deesen sentada en las rodillas de Santino. La belleza holandesa se pegaba a él como un sarpullido y Arianna pensó indignada que él parecía encantado. Impulsivamente, tomó un chaleco salvavidas y bajó a la plataforma de atraque. Se sentó detrás de Hugo, pero al ir a ajustarse las tiras del chaleco, se dio cuenta de que era demasiado grande. Hugo ya había arrancado el motor y aceleraba sobre el agua.

–¡Vuelve! –gritó ella, pero el ruido del motor ahogó sus palabras. Se asió con todas sus fuerzas a la cintura de Hugo.

En pocos segundos se habían alejado del yate. Las motos acuáticas estaban prohibidas cerca de la playa, pero a aquella distancia había varias de ellas. Arianna vio de pronto una acercarse rápidamente. Dio a Hugo en el hombro para avisarle del peligro y él intentó cambiar de dirección, pero iban demasiado deprisa como para poder virar bruscamente. Todo sucedió tan rápido que Arianna apenas tuvo tiempo de gritar cuando Hugo y ella salieron lanzados de la moto.

El shock de caer al mar hizo que Arianna abriera la boca y tragara agua. El inadecuado chaleco no la ayudó a mantenerse a flote y le dejaba la cabeza parcialmente sumergida. A poca distancia, la moto acuática seguía girando en círculos, creando un remolino que tiraba de Arianna hacia abajo.

Aterrada, intentó tomar aire, pero volvió a tragar agua, al tiempo que las ondas que formaba la moto le golpeaban la cabeza. El recuerdo de la vez en la que había estado a punto de ahogarse de pequeña pasó por su mente como un relámpago, y Arianna sacudió los brazos y pataleó para mantenerse a flote.

Una de las otras motos que estaban en la zona, se aproximó y desaceleró al acercarse a Arianna.

–*Signorina!*

El conductor le tendió la mano para ayudarla a subir a la moto, pero ella no podía moverse y se sentía entumecida por el pánico al tiempo que su cara se hundía bajo el agua y la nariz se le llenaba de agua.

–¡Arianna, espera, voy por ti!

Sorprendida al oír una voz familiar, poderosa, giró la cabeza y vio a Santino en una lancha que conducía uno de los tripulantes del yate.

–*Signorina*, tome mi mano –insistió el desconocido, intentando sujetarla por el hombro.

Ella oyó un golpe de agua y, cuando miró hacia la lancha, vio que Santino nadaba hacia ella. En cuestión de segundos estaba a su lado y la sujetaba para que mantuviera la cabeza a flote.

–Ya te tengo, pequeña.

Su voz sonó extrañamente ronca, como si estuviera preocupado por ella, como si le importara… Arianna se abrazó a su cuello y se asió a él, exhausta y aliviada, porque su vida no iba a acabar en el fondo del mar. Vagamente vio que el desconocido se alejaba mientras Santino y el tripulante la ayudaban a subir a la lancha.

Se abrazó a sí misma y sintió náuseas. Santino le echó una toalla por los hombros y la fue secando.

–La próxima vez, asegúrese de llevar un chaleco salvavidas apropiado –masculló.

Arianna no podía dejar de temblar.

–¿Dónde está Hugo? –preguntó castañeteando los dientes.

–Otro miembro de la tripulación ha saltado de la lancha y ha conseguido controlar la moto acuática antes de ayudar a su novio a subirse a ella –Santino frunció el ceño al tiempo que le retiraba el mojado cabello del rostro–. Se ha llevado un buen susto, pero ya está a salvo, *piccola*.

Que Santino la llamara afectuosamente «pequeña» hizo que Arianna se desmoronara. Aunque se mordió el labio inferior, las emociones la abrumaron y estalló en llanto.

–¡Creía que iba a ahogarme! ¡No sé nadar! –dijo entre sollozos

Santino dejó escapar un juramento y la estrechó entre sus brazos. El latido de su corazón reverberó en Arianna. Le oyó decir algo en italiano y notó que la lancha se movía, pero aunque se sentía a salvo, no podía olvidar el pánico que acababa de experimentar. Habría querido quitarle importancia, olvidarlo como tantas de las tonterías que solía cometer y que tanta fama le habían dado. Pero no consiguió recomponerse y, llorando desconsoladamente, presionó su rostro contra el pecho de Santino.

Capítulo 4

SANTINO no sabía reaccionar ante el llanto. Le recordaba demasiado a la muerte de su madre y a cómo su padre había llorado como un niño. El Santino de quince años se había avergonzado al ver llorar a Antonio Vasari. El hombre fuerte y animado al que había idolatrado se había derrumbado al morir su esposa de un tumor cerebral. El especialista había dado a Dawn Vasari un año de vida, pero solo había durado seis meses, dejando atrás un marido, una hija de ocho años y un hijo adolescente destrozados.

Santino suplicó a su padre que volvieran a Sicilia, desde donde se habían mudado a Devon el año previo al diagnóstico de su madre. Pero Antonio se había negado a abandonar el lugar en el que ella había nacido y muerto. Santino recordaba el final de su adolescencia como un continuo vagar por Dartmoor mientras intentaba buscar un sentido a la vida, diciéndose que amar no compensaba la agonía de la pérdida del ser amado.

Había llorado a solas en su dormitorio la tarde del entierro de su madre mientras su padre y su hermana compartían su dolor en el salón con otros parientes. Pero él se había sentido como un extraño y había rehuido la compañía de los demás. Llorar no había servido para aliviar su dolor. Y no había vuelto a llorar… nunca.

En cambio sí comprendía el miedo. Lo había visto en los ojos de sus compañeros en Afganistán, cuando sufrían una emboscada y ninguno estaba seguro de sobrevivir. Sabía lo que era enfrentarse cara a cara con la muerte. Estrechó el tembloroso cuerpo de Arianna y dejó que se desahogara.

Era consciente de que no la había protegido. Había saltado a la lancha en cuanto la vio subir a la moto acuática y, al ver el accidente que la había lanzado al agua, se le había parado el corazón. Frunció el ceño al recordar el peligroso comportamiento del otro conductor. Había dado la impresión de que se acercaba deliberadamente a la moto en la que iba Arianna. Y luego había intentado que ella se subiera a la suya. ¿Había querido rescatarla o sus intenciones habían sido más siniestras?

Santino se pasó la mano por la nuca y por la cicatriz. Los secuestradores debían de haber visto en los periódicos que Arianna había llegado a Positano. Pero ¿cómo podían saber que estaba en el yate de no ser porque estuvieran vigilándola? Santino intentó convencerse de que el accidente con la otra moto acuática había sido una coincidencia, pero su instinto le decía lo contrario.

La lancha se detuvo cerca de una playa apartada poco conocida por los turistas que, tal y como había esperado Santino, estaba vacía. Tras dar instrucciones al tripulante, tomó a Arianna en brazos y la depositó cuidadosamente en la arena. Arrodillándose, le dijo:

–Échese para que pueda inspeccionarla –y le sorprendió que Arianna obedeciera–. ¿Le duele algo? Se ha dado un buen golpe.

–Estoy bien –Arianna tenía los ojos cerrados–. Solo estoy un poco temblorosa.

–No me extraña –Santino sintió un nudo en el estómago al pensar en que podía haberse ahogado.

Arianna levantó los párpados y lo miró con sus grandes ojos marrones a los que el sol arrancaba destellos dorados. Santino pensó que era preciosa, pero se obligó a concentrarse en una profesional inspección de sus brazos y piernas para asegurarse de que no se había roto nada.

–¿Por qué ha subido a la moto acuática si no sabe nadar?

–Supongo que piensa que porque soy una idiota, que es lo que piensa mi padre… Si es que piensa en mí –dijo ella.

Santino no sabía cómo interpretar el dolor que intuía en su voz y la vulnerabilidad que manifestaba, y que hasta ese momento había dado por fingida. Había creído saber cómo era: mimada, rica y superficial. En ese momento recordó que al conocer a Randolph le había parecido frío y arrogante.

–No creo que sea una idiota –dijo con brusquedad–. ¿Cómo es posible que no sepa nadar cuando tiene esa espectacular piscina en Villa Cadenza?

–Estuve a punto de ahogarme cuando era pequeña y desde entonces siento pánico cuando no toco fondo. Mi padre me había dejado en la parte menos profunda, pero se puso a hablar por teléfono y no vio que me iba hacia el otro extremo. Cuando dejé de hacer pie, le llamé, pero, como estaba hablando por teléfono, no me oyó.

Arianna se sentó y se abrazó las rodillas.

—Recuerdo la sensación de que la boca se me llenara de agua. Me atraganté; no podía respirar. Afortunadamente, otro cliente del hotel me vio y me salvó. Cuando mi padre acabó de hablar por teléfono, me riñó por portarme mal —Arianna se rio con amargura—. Ese día aprendí dos cosas: que debía temer al agua, y que no le importaba a mi padre.

—Los traumas de la infancia pueden afectarnos en la vida adulta —comentó Santino, recordando la rabia que lo había dominado tras la muerte de su madre.

Unirse al ejército le había ayudado a controlarla. Pero luchar en una guerra brutal y ver morir a dos de sus mejores amigos había incrementado su recelo, puesto que se negaba a llamarlo miedo, hacia cualquier vínculo afectivo.

—Probé el hipnotismo para superar mi miedo —añadió Arianna—. Y varias de mis niñeras intentaron enseñarme a nadar, pero se dieron por vencidas.

—En el futuro, le aconsejo que no deje que su novio la lleve en la moto acuática —masculló Santino.

No entendía por qué al verla subir a la moto y abrazar a su amigo había sentido algo que se negaba a interpretar como celos. Él jamás había sentido otra cosa por una mujer que no fuera deseo sexual.

Arianna le lanzó una mirada esquiva.

—Hugo no es mi novio.

—Su amiga Davina me ha dicho lo contrario.

–Probablemente porque usted le gusta y quería eliminarme como posible competencia –Arianna se encogió de hombros en un habitual gesto de indiferencia que Santino encontraba cada vez más irritante–. Pero no sé de qué se preocupa. No tengo el menor interés en usted.

–¿No? –el monosílabo quedó suspendido en el aire como un reto, al tiempo que Santino fijaba la mirada en Arianna.

Seguía sintiendo la adrenalina que se le había disparado al rescatarla del agua, mezclada con la indefinible emoción que había despertado en él que llorara en sus brazos.

Vio que los ojos de Arianna se oscurecían y que se le dilataban las pupilas, y la tensión sexual volvió a estallar entre ellos. La misma que había sentido Santino en Villa Cadenza y que había conseguido dominar. En ese momento, sin embargo, en aquella playa desierta, era como si estuvieran solos en el mundo; y como si no pudiera hacer nada para evitarlo, inclinó lentamente la cabeza.

El pecho de Arianna se movió agitado y Santino la oyó exhalar, pero ella mantuvo la mirada fija en él. Era una tentación a la que no pudo resistirse y, con un gemido, Santino reclamó su boca.

Los labios de ella sabían a sal y, cuando metió la lengua en su boca, su dulce aliento se mezcló con el de él. Arianna vaciló por una fracción de segundo que a Santino se le hizo eterna. Con una urgencia que no había experimentado nunca, intensificó la presión de sus labios y el corazón se le aceleró cuando finalmente ella ladeó la cabeza y abrió la boca.

Su rendición acabó con todo rastro de contención en Santino. Besándola profundamente, exploró la sensual forma de sus labios antes de entrelazar su lengua con la de ella. Luego deslizó los labios por su mejilla hacia la oreja y se la mordisqueó antes de ir bajando por su cuello hacia su clavícula. Tenía una piel de satén y sus senos se apretaron mullidos contra su firme torso cuando la atrajo hacia sí. Ella levantó las manos a sus hombros y él se echó en la arena, a su lado, mientras recorría las sensuales curvas de su cuerpo con los dedos.

Su estrecha cintura lo fascinaba, la suave curva de sus caderas aún más. Tenía una erección tan intensa que casi le dolía. Temió estallar si no la poseía, si no se perdía entre sus muslos de seda y se adentraba en ella. El aroma de su excitación femenina era tan dulce que tuvo la seguridad de que el deseo de Arianna era tan intenso como el suyo. Su respiración era tan errática como el palpitar de su corazón.

Impulsado por un deseo más febril del que había experimentado nunca, deslizó los dedos hacia el vientre de Arianna, y notó que se contraía cuando los bajó hasta su entrepierna.

–¡No!

La palabra estalló en la mente de Santino y lo catapultó a la realidad. ¿Qué demonios estaba haciendo? No podía hacer el amor a Arianna por mucho que lo deseara. Se había comportado como un adolescente cargado de hormonas.

Se incorporó hasta sentarse y se protegió los ojos del resplandor del sol con la mano a la vez que exploraba con la vista la playa vacía. Su trabajo era proteger a Arianna, pero de haber llegado un secuestrador, probablemente armado, no habría podido hacer nada por salvarla.

Arianna se sentó a su vez y se pasó los dedos por el cabello con los ojos muy abiertos. Santino apartó la mirada de sus senos y masculló:

–Supongo que no es ni el sitio ni el momento adecuados.

Ella lo miró airada.

–Desde luego que no. Ni ahora ni nunca accedería a tener un rollo sexual con usted.

Dolido por su tono despectivo, Santino contestó:

–No es eso lo que me ha dado a entender. ¿O ese es el tipo de juegos que le gustan?

–¿Es que no puedo cambiar de opinión? –Arianna habló con aspereza, pero Santino vio que le temblaban los labios y se avergonzó de sí mismo–. Reconozco que le he dejado seguir, pero no esperaba que me besara –miró a su alrededor y se mordió el labio inferior–. ¿Por qué me ha traído aquí en lugar de al yate? ¿Por qué ha mandado la lancha de vuelta? ¿Había planeado seducirme? ¿Pensaba que se lo debía por haberme rescatado?

–Por supuesto que no –negó Santino–. Solo pensaba que le sentaría bien recuperarse antes de volver al yate.

Santino apretó los dientes, indignado consigo mismo. Se enorgullecía de ser íntegro, pero la acusación de Arianna no iba del todo errada. El accidente la había dejado traumatizada y le había hecho recordar el episodio de su infancia en el que había estado a punto de ahogarse. Una vez más, su vulnerabilidad lo había desconcertado, pero eso no le había impedido intentar seducirla. Dejando escapar un juramento, se sumergió en el agua y nadó con furia.

Unos minutos más tarde oyó un motor y vio que la lancha volvía a recogerlos. Santino fue a hablar con el piloto. Cuando volvió a mirar hacia la playa, no vio a Arianna y sintió pánico, pero enseguida la localizó sobre unas rocas. Sin embargo, cuando se aproximó a ella vio que retrocedía.

–No pienso volver a subir en la lancha –dijo abrazándose a sí misma–. Supongo que piensa que soy una idiota.

Santino frunció el ceño.

–¿Por qué se insulta a sí misma? –preguntó, sin poder explicarse por qué habría querido estrecharla en sus brazos y consolarla–. Es lógico que tema al agua después de lo que le pasó. No pienso que sea estúpida.

Santino sospechaba que Arianna era mucho más lista de lo que la gente creía, pero aquel no era el momento de preguntarse por qué se comportaba como una cabeza hueca. Alzó la mano para enseñarle que llevaba su bolso con sus cosas.

–He pedido al marinero que trajera esto. Vístase. Volveremos al pueblo por las escaleras que suben a lo alto del acantilado.

Arianna lo miró con inquietud, pero súbitamente sonrió. No con la falsa sonrisa que había dedicado a sus amigos, sino con una, espontánea y cálida, que dejó a Santino sin aliento.

–Gracias –musitó ella.

Trescientos escalones permitían subir el acantilado. Santino los contó para distraerse del sexy trasero de Arianna envuelto en los ajustados vaqueros blancos. Caminaron hasta el coche en silencio y Arianna no protestó cuando él se puso al volante.

De camino a la villa, se quedó dormida. Santino la miró de reojo y al recordar los segundos en los que la había sentido estremecerse bajo sus caricias, tuvo que apretar los dientes y desviar la mirada.

Quince minutos más tarde, aparcaba delante de la puerta de Villa Cadenza.

–Despierte, bella durmiente –dijo, tocándole el hombro.

Arianna levantó los párpados y lo miró soñolienta con sus aterciopelados ojos marrones. Santino tuvo que obligarse a no mirarle los labios y se pasó la mano por la nuca y la cicatriz, que siempre le recordaba lo frágil que era el ser humano.

–Lo que ha pasado antes ha sido un imperdonable error –dijo–. No debería haberla besado.

Arianna enarcó las cejas.

–En realidad, ha cometido dos errores. También me ha besado junto a la piscina.

–Pero ese beso lo instigó usted.

–No le he oído quejarse.

Santino miró a Arianna con reprobación.

–La cuestión es que no debe volver a pasar.

Arianna bajó del coche con una forzada sonrisa que hizo pensar a Santino que la mujer que le había sonreído en la playa era solo fruto de su imaginación.

–Resultaría más convincente si dejara de mirarme como si me visualizara desnuda en su cama –masculló ella, antes de entrar en la casa y dejar a Santino con una imagen mental que le hizo tener un erección instantánea.

Asió el volante con fuerza para contener el impulso de ir tras ella y demostrarle que no era ni mucho menos tan indiferente a él como fingía.

El sonido de voces discutiendo en el patio rompió el silencio del taller de Rosa. Arianna miró la hora y se sobresaltó al ver que llevaba tres horas ensimismada en su tarea.

Al enseñar a Rosa los dibujos que había hecho para un vestido de noche, la modista la había animado a hacer una *toile de jouy*, una prueba en muselina. Normalmente, la *toile* se colocaba en un maniquí, pero Arianna había decidido probársela ella misma.

Se asomó a la ventana y le dio un vuelco el corazón al ver a Santino discutiendo con la encargada del salón de belleza. Maldiciéndolo, se quitó la prenda y se puso precipitadamente la falda y la blusa.

La tarde anterior, en la villa, se había enfurecido al ver que Santino le había confiscado las llaves de sus dos coches. Pero él se había limitado a decirle que podía conducirlos ella misma siempre que él la acompañara.

Como dudaba de que Santino creyera la excusa de que volvía al salón de belleza cuando lo que quería era ir al taller de Rosa, se había escapado de Villa Cadenza y había tomado un autobús al pueblo. Usar el transporte público era una novedad a la que tendría que acostumbrarse cuando viviera de sus propias ganancias.

Obviamente, Santino había descubierto su huida y había acudido a buscarla. Con su limitado italiano, Arianna creyó entender que Santino acusaba a la encargada del salón de belleza de haber participado en su desaparición. Bajó corriendo las escaleras mientras se subía la cremallera de la falda y salió al patio sofocada y jadeante.

–¿Qué hace aquí? –preguntó enfadada.

La expresión angustiada con la que Santino la miró sorprendió a Arianna. Estaba pálido y despeinado, como si se hubiera pasado los dedos por el cabello frenéticamente.

–¡Arianna! –caminó hacia ella–. ¿Está bien? Temía que… –se calló bruscamente.

Arianna estaba desconcertada.

–¿Qué temía exactamente?

Santino no respondió y fue imposible adivinar qué pensaba una vez recuperó su habitual gesto impasible.

Arianna hizo una mueca.

–Supongo que temía que estuviera metiéndome en algún lío.

–Para variar –dijo él con un desdén que hizo enrojecer a Arianna.

Creyó que Santino iba a decir algo, pero en ese momento la puerta que había a su espalda se cerró de un portazo por el viento.

Santino alzó la mirada a la ventana del edificio del que ella había salido y frunció el ceño.

–¿Por qué se ha ido sin mí? Le he dicho que su padre quiere que la acompañe allá donde vaya.

–Y yo le he dicho que necesito un poco de intimidad. Estoy harta de que mi padre quiera controlarme –dijo Arianna con amargura. Y se irguió ante la mirada de censura de Santino.

–Lleva la blusa mal abrochada –masculló él.

Arianna bajó la vista y vio que se había saltado un ojal.

–¿A qué viene tanto secreto? –insistió él–. La mujer del salón de belleza me ha dicho que no ha estado allí ni ayer ni hoy. ¿Dónde ha ido?

Hizo ademán de acercarse a la puerta, y Arianna supo que, si la abría, subiría las escaleras y descubriría el taller. Se interpuso en su camino, pero Santino era demasiado grande como para poder detenerlo, así que se resignó a tener que decirle la verdad.

–He venido a ver a alguien –musitó.

Santino miró de nuevo su blusa, luego se fijó en su cabello alborotado y en sus mejillas, que Arianna sabía que debían de estar rojas porque arriba hacía calor. Santino miró entonces hacia la ventana. No había nada que indicara que allí hubiera un taller; podría haberse tratado de un apartamento privado. Santino vio a Arianna abrocharse bien la blusa y su expresión se endureció.

–Supongo que se refiere a un amante –dijo con aspereza–. ¿Ha saltado de la cama y se ha vestido precipitadamente para bajar?

Arianna se quedó tan perpleja con la acusación que no respondió. Santino continuó en el mismo tono:

–¿Pasó ayer la tarde con él mientras yo la esperaba? –sus ojos verdes centelleaban–. ¿Por eso se ha escapado hoy?

–No me he escapado.

Santino le había proporcionado una buena excusa para sus excursiones y Arianna no se sentía obligada a decirle la verdad. Pero sí sintió una leve punzada de dolor al concluir que se había imaginado el gesto de preocupación por ella que había creído ver en su rostro la tarde anterior, en la playa. Estaba hecho de hierro y granito.

–Puedo hacer con mi vida lo que quiera y con quien quiera –dijo con indiferencia.

–Como su guardaespaldas, debo saber dónde va y con quién está.

Arianna sintió que le hervía la sangre. Santino la trataba como si fuese una niña díscola y le enfureció que se creyera en el deber de informar a su padre de cada uno de sus pasos. En realidad, era un espía para evitar escándalos como el que había protagonizado un año antes, cuando la prensa publicó la noticia de su noche loca con un famoso futbolista.

La historia había sido una pura invención. Había bailado con el futbolista en una discoteca y los paparazzi les habían visto marcharse juntos. Lo que no habían contado fue que Scott Hunter había parado un taxi y ella había vuelto sola a su casa con un espantoso dolor de cabeza.

Alzó la barbilla y dedicó una mirada gélida a Santino.

–¿De verdad espera que le dé una lista de mis amantes?

–Por lo que he oído, es demasiado larga.

Por una fracción de segundo, a Arianna se le pasó por la cabeza contarle que solo eran rumores, pero se dijo que no le importaba lo que pensara. O no había motivo para que le importara.

–¿Tengo que asumir por su tono de censura que es virgen? –preguntó con dulzura–. ¿Se está reservando para la noche de bodas? –tuvo la satisfacción de ver que lo provocaba–. ¿O es un caso de doble rasero? Usted puede tener las parejas sexuales que quiera, pero si yo hago lo mismo… ¿soy una golfa?

–Esta conversación no tiene sentido –dijo él, apretando los dientes–. Y para su información, no tengo intención de casarme.

A Arianna le dio un vuelco el corazón al darse cuenta de que Santino estaba teniendo que hacer un esfuerzo para contener la ira. Algo le dijo que no le convenía tensar más la cuerda, pero aun así preguntó:

–¿No será que está frustrado porque no tiene sexo?

Súbitamente, Santino la tomó por los hombros y la atrajo hacia sí hasta que sus senos chocaron con su torso. Ella lo miró a los ojos, consciente de que había jugado con fuego. El calor de la mirada de Santino la abrasó, y la despectiva sonrisa que trazaban sus labios la hirió más de lo que habría estado dispuesta a admitir.

–Los dos sabemos que podría hacerla mía cuando me diera la gana –dijo él.

Arianna abrió la boca para negarlo, pero las palabras quedaron atrapadas en su garganta. El rostro de Santino estaba tan cerca que el vello de su barba le arañaba la mejilla; su aliento le acariciaba los labios y un temblor de deseo la recorrió como lava al tiempo que inclinaba la cabeza a la espera de que él reclamara su boca. No fue consciente de hasta qué punto se había traicionado a sí misma. Todo su ser se concentraba en Santino, en el deseo que la devoraba. Y se quedó mirándolo con los ojos desorbitados cuando él masculló algo en italiano y la alejó de sí de un empujón.

–La idea de que viene directamente de la cama de otro hombre le quita atractivo. Es como llegar tarde a un banquete y que queden solo los restos –declaró despectivamente. Pero por cómo respiraba, Arianna supo que le había costado resistirse.

Tuvo la tentación de llevarlo al taller y demostrarle que se equivocaba, que allí no escondía a ningún amante. Pero desestimó la idea de inmediato porque sabía que, si le revelaba sus planes, se los contaría a su padre.

Así que se encogió de hombros y, posando la mano en el pomo de la puerta, dijo:

–Se equivoca si cree que me importa lo que piense de mí, Santino –abrió la puerta y le lanzó una mirada provocativa por encima del hombro–. Voy a estar ocupada otra hora. Puede esperarme en el coche.

Capítulo 5

ARIANNA solo aceptó la invitación porque era el cumpleaños de Jonny. Era un buen amigo, y había pocas personas a las que pudiera considerar amigos de verdad. Tener un padre multimillonario le había obligado a identificar a los supuestos amigos que solo querían asociarse con ella para promover sus negocios. Se había equivocado más de una vez, y le costaba confiar en la gente.

La fiesta era de etiqueta y se iba a celebrar en la discoteca más de moda de la ciudad de Amalfi, Indira Club. La lista de invitados incluía una mezcla de gente rica y celebridades que Jonny conocía por su programa de reality, *Toffs*. Inevitablemente, en la entrada se agolparían los paparazzi.

Arianna había decidido un año atrás, durante una gripe que se había convertido en neumonía, que quería abandonar el mundo glamuroso del que había formado parte desde los dieciocho años. Por eso le resultaba irónico que para dar a conocer sus diseños una vez lanzara su sello de moda, tendría que atraer la atención de la prensa. Su decisión de establecer su propia compañía no era un capricho pasajero; y tenía que confiar en que sus modelos fueran lo bastante buenos como para conquistar el mercado.

El vestido que había elegido ponerse era una de sus creaciones. Realizado en organza de seda dorada con un tul superpuesto, la parte superior se ceñía a su cuerpo con unos finos tirantes y se abría en una amplia falda. Era un diseño romántico, inspirado en los cuentos de princesas de su infancia.

Ya solo necesitaba un guapo príncipe, pensó con melancolía mientras se ponía perfume. Adoraba la fragancia que una famosa firma parisina había creado para ella, aunque pronto no podría permitirse comprar perfumes tan caros, pero era un precio que estaba dispuesta a pagar para independizarse de su padre.

Animada por ese pensamiento, tomó su bolso y su chal y salió del dormitorio. Cuando estaba a medio camino de la escalera, vio a Santino acercarse al pie y vaciló. Él se detuvo y pareció deslumbrado por su aspecto.

—Está preciosa —dijo con voz grave.

—Gracias —respondió ella, intentando sonar indiferente, aunque notó que se ruborizaba bajo la mirada escrutadora de Santino, en la que percibió un deseo que le contrajo las entrañas.

Estaba espectacular en esmoquin. Se había recortado la barba y se había peinado más cuidadosamente que de costumbre, aunque su cabello seguía rizándose rebeldemente sobre el cuello de la chaqueta.

—¿No cree que va demasiado elegante para ser un mero guardaespaldas? —preguntó son sorna.

—Es lo que indica la invitación —Santino sacó una tarjeta del bolsillo—. Su amigo Jonny me invitó cuando nos conocimos en el yate y le dije que éramos muy amigos —añadió, dedicándole un guiño insinuante que enfureció a Arianna.

–¿Por qué le dijo eso?

–Supuse que preferiría que sus amigos no supieran que soy su guardaespaldas.

–Le he dicho que no hace falta que venga al Indira Club. Es una fiesta con invitación y la entrada está prohibida a los paparazzi. Si se empeña, puede escoltarme a la entrada para asegurarse de que no haga nada escandaloso.

–Pero gracias a esto… –Santino le acercó la tarjeta– puedo entrar. Así no tendrá que dar explicaciones. Dígales que soy su pareja.

Arianna sacudió la cabeza.

–¡Ni hablar!

–Puede decirles que intimamos después de que la rescatara –continuó Santino como si ella no hubiera dicho nada.

Arianna fue a decirle que preferiría ir con Jack el Destripador, pero no era verdad. El brillo de los ojos verdes de Santino la intrigaba y la excitaba, y, cuando él le ofreció el brazo, ella acabó aceptándolo. Por debajo de la tela de la chaqueta, notó sus músculos y aunque ocultara el tatuaje del tigre rugiendo bajo la ropa, Arianna se dijo que no debía olvidar que Santino era un animal salvaje.

Pero al menos por esa noche, el tigre tenía la apariencia de estar domado. Santino la acompañó al exterior y le abrió la puerta del coche.

–¿Quiere que baje la capota?

Arianna hizo una mueca.

–No, gracias, o me despeinaré y parecerá que me he arrastrado por el suelo.

–Aun así, seguiría estando perfecta –dijo él caballerosamente

Arianna lo miró cuando él se sentó al volante y, al encontrarse sus miradas, volvió a experimentar una sensación que no se atrevía a analizar. Giró la cabeza para mirar por la ventanilla antes de decir:

–Seguro que Davina y las gemelas Van Deesen estarán encantadas de verlo.

–No se ponga celosa, *cara*. Solo tendré ojos para usted.

–No estoy celosa –replicó ella, mirándolo enfadada. Y hubiera jurado que Santino sonreía.

Guardó silencio mientras intentaba calmar sus emociones. El potente deportivo volaba por la sinuosa carretera de la costa, cuyas curvas cerradas Santino tomaba con una habilidosa seguridad. El paisaje era espectacular, con los verticales acantilados pendiendo sobre la carretera a un lado y cayendo en picado sobre la costa al otro. El sol poniente dibujaba trazos rosas y dorados en el cielo, que se reflejaban en el mar.

Arianna estaba demasiado tensa como para disfrutar de la vista.

–No soy su *cara* –musitó, enfadada consigo misma por el salto que le había dado el corazón al oír el cariñoso apelativo carente de significado para él.

Después de volver de Positano cuando la había encontrado en el taller, se había refugiado en su dormitorio. Pero finalmente, el aburrimiento y la soledad la habían impulsado a ir a la cocina, que era donde había pasado los mejores momentos de su infancia, ayudando a Ida en la cocina y observando a

Filippo mientras se dedicaba a su hobby de arreglar relojes.

Pero al entrar había encontrado a Santino a la mesa, tomando una cerveza y charlando con la pareja. Hablaban en italiano y al ver que al entrar ella se callaban, Arianna se había sentido como una intrusa, así que se había servido un vaso de zumo y se había marchado.

Le había recordado a las raras ocasiones en las que su padre estaba en casa y ella entraba en una habitación en la que entretenía a sus invitados. Randolph jamás la presentaba a sus amigos ni la animaba a quedarse.

Cuando salió de la cocina oyó que Santino, Filippo e Ida retomaban la conversación, y su resentimiento hacia él aumentó. Pero se dijo que, si hubiera actuado como una adulta y no como una niña mimada, tal vez la habrían invitado a quedarse.

Al recordar lo sola que se había sentido al volver a su cuarto, se le llenaron los ojos de lágrimas. La princesa en su torre de marfil… Miró a Santino de soslayo y se preguntó por qué le importaba lo que pensara de ella.

—Tiene nombre italiano y habla la lengua como un nativo, ¿cómo pudo servir en el ejército británico si es italiano? –preguntó, dejándose vencer por la curiosidad.

—Tengo doble nacionalidad. Mi padre era siciliano y mi madre inglesa. Nací y viví en Sicilia hasta la adolescencia; entonces nos mudamos al suroeste de Inglaterra.

—¿Quiénes?

–Mis padres, mi hermana pequeña, Gina, y yo. Mi madre procedía de una familia de granjeros de Devon. Conoció a mi padre en unas vacaciones en Sicilia. Por lo visto, se enamoraron a primera vista; se casaron en un mes y yo nací al año. Mi madre era feliz en Sicilia; pero a veces me pregunto si sabía que estaba enferma y por eso quiso volver a su lugar de nacimiento –dijo Santino como si hablara consigo mismo. Miró a Arianna–. Mi madre murió de un tumor cerebral al año y medio de mudarnos a Inglaterra.

–Lo siento –dijo Arianna–. Debió de ser especialmente difícil, dado que llevaban poco tiempo allí.

–Sí –aunque no mostró la menor emoción, Arianna vio que Santino apretaba el volante con fuerza.

–¿Volvieron a vivir a Sicilia?

–No, mi padre prefirió quedarse en Devon, cerca de la tumba de mi madre. Nunca se recuperó de su muerte; cuando murió, hace unos años, pensé que por fin se liberaba de su dolor.

–Es muy triste, pero también muy hermoso que amara tanto a su madre.

–¿Usted cree? –Santino apretó los dientes–. Mi padre se dio a la bebida y nos dejó a mi hermana y a mí en manos de nuestros abuelos. Prácticamente criaron a Gina, que entonces solo tenía ocho años. Ahora, gracias a su esfuerzo y dedicación, ha alcanzado el éxito como compradora de ropa para una exclusiva boutique de Nueva York

Arianna se preguntó si era un reproche indirecto. La hermana de Santino debía de haber sufrido por la pérdida de su madre, pero había podido apoyarse en otros miembros de su familia. Cuando Celine se había ido a Australia, ella se había quedado sola.

–¿Sus abuelos se ocuparon también de usted?

–Lo intentaron, pero yo era un joven difícil –Santino frenó al tomar una curva especialmente cerrada–. Me sentía extraño en Devon y en el colegio; echaba de menos mi vida y a mis amigos de Sicilia.

–¿Por qué decidió unirse al ejército?

–Para cuando cumplí diecisiete años ya había tenido problemas con la policía por vandalismo. Me alisté porque pensé que era mejor que acabar con antecedentes penales –Santino hizo una pausa–. El ejército me proporcionó una sensación de pertenencia y me devolvió el respeto por mí mismo.

–Yo comprendo bien qué se siente al estar perdido –admitió Arianna, desconcertándose por abrirse a Santino cuando nunca había querido hacerlo con nadie.

Él frunció el ceño.

–¿Alguna vez se ha sentido perdida, Arianna? Se crio rodeada de lujo, es espectacularmente guapa y tiene el mundo a sus pies. Si está perdida, solo usted tiene la culpa –dijo con severidad–. Podría usar su riqueza y la fascinación que siente la prensa por usted para recaudar dinero para causas benéficas. Pero solo se dedica a ir de fiesta en fiesta, y a pasar de un *affaire* a otro.

–¡No todo lo que lee es verdad! –saltó Arianna.

Pero aunque fuera cierto que habían publicado un montón de mentiras sobre ella, no lo eran algunas de las fotografías que se habían publicado de ella saliendo borracha de discotecas, a veces casi sin ropa. Durante un tiempo le había resultado más fácil emborracharse que enfrentarse a sus emociones.

Miró por la ventanilla mientras un tenso silencio sustituía a la camaradería que se había establecido brevemente entre ellos. Al llegar al club, Arianna vio una nube de fotógrafos frente a la entrada. Santino tomó una calle lateral y aparcó en la parte trasera.

–Será mejor que entremos por aquí –comentó como respuesta a la mirada inquisitiva de Arianna.

–¿Le ha ofrecido mi padre una bonificación si no aparezco en los tabloides hasta que la compañía salga a bolsa? –preguntó sarcástica.

–Arianna… –Santino fue a decir algo, pero, cuando le tendió la mano para ayudarla a bajar del coche, ella se la retiró de un golpe.

–Randolph es un manipulador y solo pretende controlar mi vida –dijo con amargura. Y saliendo del coche se recogió la falda y, sin mirar atrás, atravesó la cocina bajo la asombrada mirada del personal.

La voz del DJ la guio hacia la sala principal cuya pista de baile estaba ya abarrotada, y vio a Jonny apoyado en la barra.

–No te he visto llegar –dijo él, pasándole una copa de champán. Al ver que bebía varios sorbos rápidos, frunció el ceño–. ¿Qué pasa, Arianna?

–Nada –mintió ella–. Necesitaba un trago. ¿Vas a bailar conmigo, chico del cumpleaños?

–Solo si me prometes que tu novio no me va a romper las piernas –dijo Jonny–. Ayer comentó que estuvo en el ejército.

Arianna siguió la mirada de Jonny hacia Santino, que estaba apoyado en una columna. Su altura hacía que fuera fácil localizarlo, y su gesto sombrío hizo que a Arianna se le encogiera el corazón.

–No hay nada entre nosotros –masculló.

–Quizá deberías decírselo. Por cómo te mira, yo diría que piensa lo contrario –comentó Jonny, guiándola hacia la pista de baile.

Durante las siguientes horas, Arianna brilló. Pasó de un compañero de baile a otro, como una mariposa dorada, se rio, coqueteó y bebió demasiado champán, tal y como se habría esperado de Arianna Fitzgerald, la reina de las fiestas. Durante ese tiempo se esforzó por no mirar a Santino, pero su sexto sentido le decía que estaba observándola, y por eso se reía y coqueteaba más ostensiblemente. Comparados con él, todos los hombres le resultaban insulsos, y cuando se plantó delante de ella, para sustituir a Hugo Galbraith, Arianna se quedó muda.

–Me toca a mí –dijo a Hugo. Su sonrisa no neutralizó su tono amenazador, y Hugo se echó a un lado apresuradamente.

Arianna no tuvo tiempo de reaccionar. Santino le rodeó la cintura con un brazo y con la mano libre tomó la de ella y se la llevó al pecho al tiempo que el DJ ponía una balada.

–Se ve que lo está pasando bien –musitó.

–Estamos en una fiesta y socializar es mi especialidad –replicó ella con una sonrisa tensa.

Los músculos del brazo de Santino se contrajeron a la vez que él la estrechaba contra sí hasta que su mejilla descansó contra la solapa de su chaqueta y notó, perpleja, la presión de su erección contra el vientre.

–¿Era uno de los chicos guapos con los que ha bailado?

–¿Quién? –preguntó Arianna desconcertada.

–Su amante.

–No tengo ningún amante –Arianna se dio cuenta demasiado tarde de que por la mañana le había hecho creer que estaba con un hombre en lugar de trabajando en el taller de Rosa–. Quiero decir que no está en la fiesta. ¿Le inquietaría que estuviera?

–Todo sobre usted me inquieta, *cara*.

La voz ronca de Santino reverberó en Arianna, pero se dijo que se había imaginado que sonara dolido, o que el brillo de enfado de sus ojos se hubiera suavizado. Sin embargo, no hubo nada de imaginado en que Santino inclinara la cabeza y a apenas unos milímetros de sus labios, dijera:

–Estoy seguro de que puedes notar hasta qué punto me inquietas –susurró al tiempo que bajaba la mano hasta su trasero y presionaba su pelvis contra la de él.

Sentir su sexo endurecido provocó un pulsante calor entre las piernas de Arianna. Se estremeció de deseo, pero, cuando Santino le rozó los labios con los de él, susurró:

–Habías dicho que no volverías a besarme.

–Mentía –masculló él. Y lo demostró atrapando sus labios.

Fue un beso abrasador. Santino la embistió con decisión, absorbiendo su aliento, saboreándola. Y Arianna no ofreció la menor resistencia. Sus manos subieron a su pecho y se presionó contra él.

El beso la transportó a un universo paralelo en el

que solo cabían ellos dos, y se lo devolvió con la abrasadora intensidad del fuego que la consumía.

–Tenemos que irnos de aquí, *cara mia* –le susurró Santino al oído, antes de mordisquearle el lóbulo de la oreja.

Arianna se estremeció de placer, pero el hechizo en el que le había hecho caer el beso se rompió, y la realidad la golpeó como una bofetada. No ya porque supiera que el apelativo afectuoso estaba vacío de contenido, sino porque se habían comportado como un par de adolescentes delante de todo el mundo. Una vez más, era el centro de atención por el motivo equivocado y saber que no había paparazzi no la consoló. Irguiéndose, se soltó de los brazos de Santino.

–¿No te preocupa que otros invitados publiquen fotos de nosotros? –se alegró de conseguir dotar a sus palabras de un tono burlón con el que disimuló la vergüenza y el dolor que sentía–. Si los tabloides se hacen con ellas, dudo que mi padre esté contento contigo.

Santino frunció el ceño.

–Arianna…

–Déjame –Arianna parpadeó para contener las lágrimas que le ardían en los ojos. Prefería morirse a dejar que Santino viera hasta qué punto la había herido.

Le oyó llamarla, pero ya había dado media vuelta y se abría camino por la pista de baile hacia la salida.

Fuera del local, los paparazzi se habían dispersado. A su espalda, oyó a Santino suplicante:

–Arianna, espera…

Pero ella continuó alejándose. Humillada y desesperada por estar a solas, se encaminó hacia el puerto. El sonido de las embarcaciones mecidas por el agua le sonó extrañamente melancólico. Una figura salió de las sombras y la adelantó. Arianna vio el rostro del hombre bajo la luz de una farola y tuvo la extraña sensación de haberlo visto antes.

Cuando llegó a la playa que había al final del puerto, se quitó las sandalias y caminó por la orilla. Todavía sentía un cosquilleo en los labios y se le contrajeron las entrañas al recordar la poderosa reacción que el beso de Santino había despertado en ella. Lo odiaba porque no lograba comprender por qué la alteraba de aquella manera.

–*Signorina, per favore*, ¿tiene fuego?

La voz le resultó familiar. Arianna se volvió y vio al hombre que acababa de adelantarla y se dio cuenta de que era el mismo que había provocado el accidente del día anterior. Con él había otro hombre, y al asomar la luna tras una nube, Arianna identificó al camarero que le había hecho sentirse incómoda en el yate de Jonny.

–No, no fumo –dijo, elevando la voz con la esperanza de que hubiera alguien cerca y la oyera.

Ninguno de los dos hombres se movió y a Arianna se le aceleró el corazón al darse cuenta de que estaba en una playa, sola y de noche. Se tropezó al alcanzarla una ola y mojarle el vestido. Los dos hombres eran fornidos y de aspecto rudo, y, cuando avanzaron hacia ella con aire amenazador, Arianna retrocedió hacia el mar.

–¿Qué quieren? –preguntó atemorizada.

Capítulo 6

LOS PASOS de Santino resonaban en la calzada mientras corría hacia el puerto. Aunque no había visto qué dirección había tomado Arianna, la oyó gritar.

–Arianna, ¿dónde estás? –gritó, corriendo desesperado.

Bajo la luz de la luna la vio cruzar la playa y el alivio lo golpeó como un puñetazo en el pecho. Saltó a la arena y corrió hacia ella, atrapándola cuando se echó en sus brazos. Respiraba agitadamente y todo su cuerpo temblaba.

–*Cara*, ¿qué ha pasado? –le alzó el rostro y las lágrimas que vio en sus ojos removieron sentimientos que, tras la muerte de su madre, se había jurado no volver a sentir.

Arianna tomó aire con dificultad.

–Se me han acercado dos hombres y uno de ellos me ha sujetado por el brazo. Pero he conseguido soltarme y esconderme detrás de unos botes. Han debido de oírte y han huido. Me han roto el vestido…

Le temblaba la voz y Santino vio uno de los tirantes del vestido que apenas se sujetaba por un hilo. Aunque lo recorrió una furia ciega, consiguió dominarse y le acarició el cabello a Arianna como si fuera un potrillo agitado.

–Estoy segura de que el que me ha sujetado era el piloto que chocó con nuestra moto acuática–dijo temblorosa–. El otro trabajaba de camarero en el yate de Jonny. Ayer noté que no dejaba de mirarme.

Santino aguzó la vista hacia la playa. Se acercaba una tormenta y la luna había desaparecido tras las nubes. Arianna se había librado de los hombres, pero algo le decía que seguía corriendo peligro. La estrechó contra sí.

–Menos mal que has llegado –Arianna consiguió sonreír débilmente y Santino admiró su valor–. Es la segunda vez que me rescatas en dos días. Parece que sí necesito un guardaespaldas –añadió con tristeza.

Santino apretó los dientes. Había prometido a Randolph no hablarle del plan de secuestro, pero estaba poniendo en peligro su seguridad. No podía arriesgarse a llevarla de vuelta a Villa Cadenza.

Sacó el teléfono y llamó a Paolo, un amigo de la infancia. Aquella tarde habían quedado en que Paolo llevaría su barco de Sicilia a la costa de Amalfi por si la amenaza de secuestro cristalizaba y necesitaba salir de allí con Arianna. Ese escenario acababa de convertirse en realidad, y una vez más Santino estaba furioso consigo mismo por haber fracasado en su deber de protegerla.

–Vamos, debemos irnos –dijo, ocultando su temor de que los dos hombres, quizá con refuerzos, siguieran acechándolos.

–Me he dejado las sandalias en la playa –protestó Arianna–. Deja que vaya a por ellas. Los hombres se han ido. Puede que no fueran a hacerme nada y que yo me haya dejado llevar por mi imaginación.

Pero Santino prácticamente la arrastró hacia el puerto. A su espalda, oyó el ruido de neumáticos y al volverse vio a cuatro hombres bajar de un coche y barrer con linternas la zona. Maldijo entre dientes.

–Olvida las malditas sandalias. Tenemos que irnos.

–¿A dónde? –Arianna abrió los ojos desmesuradamente al ver que se detenían junto a una lancha motora–. Santino, ¿qué está pasando? Quiero volver a Villa Cadenza.

–Es demasiado peligroso –Santino oyó pasos por el muelle, entre las embarcaciones, y se dio cuenta de que tenía que actuar–. *Cara*, tienes que confiar en mí –dijo, antes de tomarla en brazos y subirla a la motora.

Paolo ya había soltado las amarras y esperaba en la cabina con el motor encendido. Santino le hizo una señal, y enseguida abandonaban el puerto.

–¡Bájame! –Arianna golpeó el pecho de Santino cuando la bajó al salón. La dejó sobre un sofá.

–Tranquilízate, gata salvaje.

–¡Cómo que me tranquilice! –exclamó Arianna–. Acaban de asaltarme dos desconocidos y he sido secuestrada por mi guardaespaldas.

Santino apartó la mirada de sus senos perfectamente dibujados bajo su vestido dorado.

–Yo no te he secuestrado –masculló–. Te estoy llevando a mi casa de Sicilia donde podré protegerte mejor de la mafia que quiere secuestrarte y pedir un rescate a tu padre.

Arianna lo miró con desconfianza.

–Me cuesta creer esa historia.

–¿Por qué? Tu padre es inmensamente rico y tu presencia constante en la prensa les ha facilitado localizarte. Llevan siguiéndote desde hace un año y saben que pasas los veranos en Positano. Conocen a tus amigos y uno de los miembros de la banda se presentó al puesto de camarero en el yate de Jonny. Fue quien alertó a los demás miembros de que salías en la moto acuática.

–¿Cómo has averiguado todo eso? –Arianna se mordió los labios y Santino no pudo evitar recordar lo suaves y voluptuosos que eran.

Dejando escapar una maldición, se quitó la chaqueta y se aflojó la corbata al tiempo que se dirigía al mueble bar.

–No sé tú, pero yo necesito una copa –dijo, confiando en que el alcohol anestesiara el deseo que seguía devorándolo.

Arianna negó con la cabeza.

–¿Me puedes dar un vaso de agua, por favor?

Santino tomó una botella de agua del frigorífico, se sirvió un whisky y volvió para sentarse junto a ella en un sofá que ocupaba uno de los lados del salón.

Tras dar un sorbo al líquido ámbar, explicó:

–Descubrí el plan de tu secuestro mientras trabajaba infiltrado para atrapar a un grupo de narcotraficantes en el sur de Italia. Las autoridades no consiguieron localizarte para avisarte, así que hablaron con tu padre, que a su vez me contrató como guardaespaldas. La policía italiana está haciendo lo posible por arrestar a los miembros de la banda, pero hasta entonces, estás en peligro –se pasó la mano por el cabello–. La mejor manera de protegerte es esconderte en Sicilia, donde no se les ocurrirá buscarte.

–¿Por qué no me lo contaste? –Arianna estaba perpleja, pero al instante alzó la barbilla y lo miró airada–. No tenías derecho a ocultarme esa información.

–Tu padre prefirió que no lo supieras. Temía tu reacción porque después de la sobredosis que tomaste el año pasado, piensa que eres emocionalmente débil.

–¡Yo no tomé una sobredosis! –dijo Arianna indignada–. Al menos tal y como lo cree mi padre –las motas doradas de sus ojos refulgieron–. Accidentalmente, tomé demasiado jarabe contra la gripe y tuvieron que llevarme al hospital cuando el ama de llaves me encontró inconsciente. Terminé en Cuidados Intensivos porque desarrollé una neumonía. Pasé cinco semanas en el hospital, durante las que Randolph ni me visitó ni me llamó. No creo que fuera consciente de hasta qué punto estuve grave.

El temblor de su voz removió un sentimiento profundo en Santino que prefirió ignorar. Vació el vaso de un trago y fue a servirse otro.

–La indiferencia de mi padre fue una prueba más de lo poco que le importo –añadió Arianna abatida.

–Si es así, ¿por qué me contrató de guardaespaldas?

–Mi rapto daría lugar a publicidad negativa que podría devaluar las acciones de Fitzgerald Design cuando salga a bolsa. Además, a mi padre le horrorizaría tener que pagar un rescate. A él solo le importa el dinero –Arianna apretó los labios para evitar que le temblaran–. Ni siquiera estoy segura de que pagara el rescate para salvarme.

–Por supuesto que sí –dijo Santino–. Tu padre no es un ogro.

–Hace poco me enteré de que pagó a mi madre para que no luchara por mi custodia. No porque quisiera que permaneciera con él, sino porque le obsesiona controlarlo todo –Arianna se rio con amargura–. Randolph puede ser encantador cuando quiere. Sería capaz de contratar a un exmiembro de los Servicios Aéreos Especiales para que secuestrara a su hija, a la que solo considera una molestia –Arianna miró a Santino con expresión especulativa–. Me gustaría saber cómo consiguió convencerte de que aceptaras el trabajo.

Se puso en pie de un salto, furiosa, y añadió:

–Deberías haberme dicho la verdad en lugar de tratarme como si fuera una niña.

–Te has comportado como tal –replicó Santino ásperamente, intentando ignorar la punzada de culpabilidad que sintió–. Estabas decidida a desafiarme.

–Porque pensaba que mi padre te había mandado a controlarme. Y puede que siga siendo la verdad. Solo tengo tu palabra para creer que hay un plan para secuestrarme.

–¿Qué crees que querían los hombres de la playa, Arianna?

Ella palideció y la culpabilidad volvió a asaltar a Santino. Arianna había sufrido una experiencia espantosa, y lo único que habría querido hacer era abrazarla y consolarla.

–Puedo enseñarte el correo electrónico que me ha mandado hoy la policía –dijo él–. Uno de los camareros del yate de Jonny me resultó familiar. La policía ha confirmado que es uno de los miembros de la banda.

–Entiendo –Arianna se dejó caer en el sofá como si le fallaran las piernas. Volvió a mordisquearse el labio inferior y Santino habría querido suavizárselo con la lengua.

Arianna le había vuelto loco toda la noche mientras bailaba con una sucesión de hombres. Todos ellos unos fatuos jovencitos aislados de la realidad gracias a su riqueza y su vida privilegiada, igual que ella. Por eso era extraño que tuviera la sensación de que Arianna no encajaba con aquel grupo de gente.

Hizo girar el whisky en el vaso y se preguntó por qué se empeñaba en encontrar en la personalidad de Arianna elementos que contradijeran a la superficial princesa que los tabloides adoraban. ¿Qué más le daba a él? Frunció el ceño. Los comentarios que había hecho sobre su padre lo habían tomado por sorpresa. ¿Era posible que su empeño en llamar la atención no fuera más que una manera de ocultar la vulnerabilidad que él había creído atisbar ocasionalmente?

Irritándose consigo mismo por esas reflexiones, y más aún por la fascinación que le producía su precioso cuerpo, se puso en pie. Arianna estaba buscando algo en su bolso y sacó un frasco de píldoras.

–Son analgésicos –aclaró al ver que Santino la miraba con suspicacia–. Padezco migrañas por el estrés –dijo con vehemencia–. ¿Tienes idea de cuánto tiempo pasaremos en Sicilia?

Santino se encogió de hombros.

—Pueden pasar varias semanas antes de que detengan a la banda.

—¡Pensaba que serían unos días! ¡Tengo que estar en Londres a mediados de septiembre para la Semana de la Moda!

—¡Ah, claro, es fundamental que vayas a un desfile de moda! —dijo él sarcástico—. Le diré a la policía que actué con presteza para no alterar tu agenda social.

Santino subió a cubierta preguntándose qué le había hecho pensar que Arianna era algo más que una preciosa fachada vacía y por qué se sentía tan desilusionado.

Fue a la cabina de mando a hablar con Paolo. Mientras charlaban se dio cuenta de que estaba contento de volver a Sicilia, a Casa Uliveto, su casa familiar, que era lo único que se permitía amar, aparte de a su hermana.

Santino recordaba como un periodo maravilloso su vida hasta los quince años, cuando todo había cambiado. Su madre había muerto y su padre se había hundido en la depresión. A esa edad le había aterrado ver cómo el amor y el dolor habían destrozado a Antonio. Y todavía la idea de que el amor tenía un poder tan destructivo le asustaba más que la propia guerra.

Volvió inquieto al salón, diciéndose que la ansiedad que sentía por estar junto a Arianna se debía exclusivamente a que era su responsabilidad. Esbozó una sonrisa al pensar cuánto odiaría ella saberlo. Su fiera independencia lo sorprendía, como sus airadas reacciones lo excitaban. Estaba preciosa cuando se enfadaba, y exquisita cuando dormía. Llegó a la puerta del salón y se paró en seco al ver su delicada figura tumbada en el sofá.

Estaba echada sobre el costado y sus senos se alzaban hacia el escote, recordando a dos redondos melocotones que Santino habría querido saborear. El pronunciado corte de su falda se había abierto sobre un muslo largo y de aspecto sedoso. Su sensualidad lo atraía como el canto de una sirena, pero la forma en que su cabeza descansaba sobre una mano y entornaba los labios resultaba extrañamente inocente.

Santino pensó que, incluso dormida, Arianna emitía señales contradictorias. ¿Era la joven superficial de las revistas o el ser etéreo que despertaba su sentimiento protector, además de despertar muchas otras cosas menos altruistas? ¿Quién era la verdadera Arianna Fitzgerald?

Miró hacia el bar y le tentó servirse otro whisky, pero se resistió. Ver a su padre, rodeado de cervezas a las tres de la tarde, demasiado borracho como para recoger del colegio a Gina, le había enseñado que el alcohol no era la salvación. Tomó su chaqueta y tapó a Arianna con ella, intentando convencerse de que era solo para mantenerla caliente, no porque quisiera ocultar a su vista la tentación que representaba su sensual cuerpo.

El sol se filtraba por las ranuras de las contraventanas sobre la colcha de la cama. Arianna abrió los ojos y poco a poco fue recordando por qué estaba en una habitación desconocida. Estaba en la villa de Santino en Sicilia y aquel era el dormitorio de su hermana. Santino le había dicho que era la casa en la que había crecido y que su padre la había conservado al ir a Inglaterra. Su hermana, Gina, vivía en Nueva York.

Se sentó con cautela. La cabeza todavía le dolía un poco después de la migraña que había empezado en el barco que los condujo a Sicilia. Los analgésicos la habían noqueado y apenas recordaba nada del viaje. Tenía una vaga noción de que Santino la había llevado en brazos por una playa y por unas escaleras hasta la casa. Pero ella estaba adormecida y no había prestado atención a su entorno, aunque sí había percibido sus musculosos brazos y el firme latido de su corazón bajo su cabeza.

La había llevado al dormitorio y ella había estado lo bastante despierta como para poder quitarse el vestido antes de meterse en la cama y dormirse. Miró el reloj y le asombró ver que eran cerca de la once de la mañana. Por eso tenía el estómago vacío. Notó el suelo frío bajo los pies al levantarse. La decoración de muebles oscuros y ropa de cama azul clara era sencilla, pero bonita. Y en el cuarto de baño se repetía la misma combinación de colores.

Arianna se vio en el espejo e hizo una mueca de espanto. Tenía el cabello alborotado y los ojos manchados de rímel. Ella nunca se iba a la cama sin desmaquillarse y ponerse cremas caras, pero lo único que tenía con ella era un cepillo de dientes, un frasco de perfume y brillo para los labios. Ni siquiera tenía zapatos, porque sus sandalias se habían quedado en la playa. Pero en lugar de lamentarlo, se dio cuenta de que no tener pertenencias le resultaba extrañamente liberador.

La recorrió un escalofrío al pensar en los dos hombres que se habían acercado a ella en la playa. Inicialmente había pensado que eran un par de borrachos, pero saber que eran miembros de una banda que pretendían secuestrarla había convertido una anécdota incómoda en un episodio de terror. Las noticias recientes sobre la esposa de un famoso futbolista a la que sus secuestradores habían matado cuando su marido contactó con la policía era prueba de la crueldad con la que actuaba la mafia.

Le picaba el hombro y al mirárselo vio que tenía un arañazo. Se lo había hecho con un anillo el hombre que había tirado del tirante de su vestido. Sintió náuseas. Se sentía sucia y asqueada y se metió apresuradamente en la ducha.

Santino le había dicho que en el armario de su hermana encontraría algo de ropa. Se puso unos pantalones cortos vaqueros y un top de seda sin mangas, color canela. Era una suerte que Gina Vasari y ella tuvieran la misma talla.

También encontró unas chancletas de cuero. Como no había secador tuvo que dejar que se le secara el pelo al aire y se formaran sus rizos naturales. Al mirarse en el espejo se encontró desnuda sin maquillaje, y se irritó consigo misma al preguntarse qué pensaría Santino de su aspecto.

El corazón se le paró un segundo cuando entró en la cocina y lo encontró. También él llevaba pantalones cortos y una camiseta negra que se pegaba a sus impresionantes abdominales. Arianna había seguido el delicioso olor a beicon y el estómago le rugió al ver a Santino servirlo en dos platos junto con huevos y champiñones.

Él le dedicó una mirada ardiente mientras ella todavía vacilaba en la puerta.

–Lo único que me gustó de Devon fue el desayuno inglés –dijo, empujando uno de los platos hacia ella–. Sírvete café.

–Estoy muerta de hambre –admitió ella, sentándose.

–Yo también –contestó él, en un tono de insinuación tan evidente que a Arianna se le puso la carne de gallina y se le endurecieron los pezones cuando él la recorrió con la mirada.

No llevaba sujetador porque no llevaba uno debajo del vestido de la fiesta, y no había encontrado ninguno en el armario de Gina. La seda rozaba delicadamente sus sensibles y endurecidos senos, haciendo que se sintiera profundamente femenina.

Santino se sentó frente a ella.

–Estás preciosa, Arianna –dijo con voz ronca.

Ella no supo si le tomaba el pelo.

–No llevo maquillaje.

–No lo necesitas, tienes una piel preciosa.

Santino se calló bruscamente y Arianna tuvo la impresión de que estaba irritado consigo mismo. Para liberarse del poder hipnótico que ejercía sobre ella, se concentró en la comida.

–¡Qué bueno! –murmuró después de probarla–. ¿Dónde aprendiste a cocinar?

–En el ejército aprendí a ser autónomo. Pero solo sé lo básico.

–¿Por qué dejaste el ejército?

–Serví en el Regimiento de Paracaidistas diez años, durante los que hice tres viajes a Afganistán, y decidí que había llegado el momento de hacer otra cosa –Santino bebió café antes de seguir–: Un buen amigo mío, Mac, resultó gravemente herido y quedó inválido, así que lo dejamos y decidimos poner un negocio juntos.

–¿De qué? –preguntó Arianna con curiosidad.

–Mi padre abrió una tienda de *delicatessen* en Devon en la que vendía aceite de oliva de nuestros olivos. Mi padre la desatendió tras la muerte de mi madre y estaba prácticamente en la bancarrota cuando Mac y yo la salvamos. Luego él se ha dedicado a otros negocios.

A Arianna le costaba imaginarse a Santino llevando una tienda.

–Sé por mi padre que has estado en los Servicios Aéreos Especiales –musitó.

Santino se encogió de hombros y Arianna se dio cuenta de que no le apetecía hablar de ello, pero no pudo contener su curiosidad y preguntó:

–¿Tiene tu tatuaje un significado especial?

Santino asintió.

–Tomé parte en una misión en Helmand cuyo nombre en clave era «Tigre». Los que sobrevivimos nos lo hicimos en honor de los que fallecieron o quedaron inválidos.

Aunque habló sin un ápice de emoción, Arianna vio que un nervio le palpitaba en la mejilla.

–¿Y la cicatriz de tu espalda… también es de Afganistán? –preguntó. Había sido un shock ver la cicatriz que le recorría el omóplato y el cuello hasta perderse por debajo del cabello.

Santino se tensó. Cuando Arianna ya pensaba que no iba a contestar, dijo en tono crispado:

–Mi patrulla sufrió una emboscada y recibí un tiro justo donde el chaleco antibalas no me protegía. Habría muerto si Mac no me hubiera retirado de la línea de fuego. Pero la zona estaba minada y Mac perdió las dos piernas cuando una bomba explotó bajo sus pies.

–Debió de ser horrible –dijo Arianna sobrecogida.

–Helmand fue el infierno –replicó Santino bruscamente–. No sabes la culpabilidad que siento por que mi mejor amigo no vaya a poder caminar nunca más.

Con voz temblorosa, Arianna musitó:

–No fue culpa tuya. Mac decidió ayudarte.

Santino apretó los dientes.

–Claro que fue culpa mía Mac ni siquiera sabía que estaba vivo cuando vino a por mí. Si me hubiera abandonado, no estaría condenado a una silla de ruedas el resto de su vida.

Impulsivamente, Arianna posó su mano sobre la de Santino y lo miró con expresión compasiva.

–¿Qué habrías hecho tú en la situación contraria? Dudo que hubieras dejado morir a tu amigo.

Santino frunció el ceño.

–Claro que no.

–Si hubieras perdido las piernas por salvarlo, ¿culparías a Mac?

–No, me alegraría de que hubiera sobrevivido –Santino exhaló con fuerza–. Entiendo a dónde quieres llevarme –entrelazó los dedos con los de Arianna–.

No hubiera esperado tanta comprensión de una mujer que solo se dedica a ir de compras y a salir de fiesta –bajó la mirada a sus manos y pasó el pulgar por la muñeca de Arianna, cuyo pulso latía aceleradamente–. Tengo curiosidad por saber quién es la verdadera Arianna Fitzgerald.

–Que vaya a fiestas no quiere decir que no sienta empatía –desesperada por disimular el daño que su comentario le había causado, Arianna dijo en broma–: Si los tabloides lo supieran, quizá me etiquetarían como «la golfa con el corazón de oro».

Retiró la mano y se concentró de nuevo en la comida, pero había perdido el apetito. Santino rellenó las dos tazas de café y la estudió detenidamente.

–¿Por qué el dueño de una tienda de Devon se infiltró en una banda de traficantes de droga italiana? –preguntó entonces ella. Algo de la historia no encajaba.

Santino se rio.

–De hecho, vendí la tienda hace tiempo. Para entonces, Mac ya la había dejado y había abierto una agencia de investigación. Es quince años mayor que yo y anteriormente había trabajado en la policía –Santino se puso serio–. Su hermana pequeña, Laura, murió de manera sospechosa y Mac estaba seguro de que el novio camello estaba implicado en su muerte. Descubrió que tenía contactos con la mafia italiana y me pidió que me infiltrara en la banda para acabar con ella.

–¿No fue muy peligroso? Si llegan a descubrirte podrían haberte matado.

Santino se encogió de hombros.

–Había cierto riesgo. Pero Mac estaba destrozado y yo se lo debía. Cuando me enteré de que la banda pensaba secuestrar a una rica heredera inglesa, tu seguridad fue más importante que la ejecución de la venganza de Mac. Pero, si la policía acaba con la banda, también se hará justicia con Laura.

Arianna reflexionó mientras se terminaba el café. Según a lo que Santino le decía, su objetivo real había sido protegerla, no controlarla, y eso le hacía avergonzarse de su comportamiento.

Pero al menos ya sabía la verdad. Y no podía culparlo por habérsela ocultado; menos aún si su padre le había engañado respecto a la sobredosis.

Miró a Santino y se le paró el corazón al ver que la observaba. Era excepcionalmente guapo; sus marcadas facciones eran de una bella rudeza. Lo único que las suavizaba era su boca sensual y el esbozo de una sonrisa que le hizo desear que rodeara la mesa, la tomara en sus brazos y la besara, tal como prometía el brillo de sus ojos verdes.

Él le había dicho que sentía curiosidad por saber quién era la Arianna de verdad. Y allí, en su casa, alejada de los focos y de su gente, podía dejar de fingir. Quizá podía probarle que no era la chica alocada de los periódicos. ¿Y si le decía que no quería seguir siendo esa persona, que no era ni mucho menos la mujer de reputación escandalosa por la que se la conocía?

¿Le daría lo mismo? ¿Y por qué necesitaba ella su aprobación?

La respuesta hizo que le diera un vuelco el corazón. Estaba enamorándose de Santino. En su primer

encuentro supo que la perturbaba, que tenía el poder
de herirla. Pero también la hacía sentirse más viva de
lo que se había sentido nunca, y ese sentimiento era
tan peligrosamente adictivo como sospechaba que
podía serlo el enigmático hombre que le había robado el corazón.

Capítulo 7

HE ENCONTRADO unas carpetas con dibujos en el dormitorio –dijo Arianna, reponiéndose de su turbador descubrimiento–. ¿Pertenecen a tu hermana?

–Sí. Gina hizo un grado combinado en Arte y Empresariales antes de mudarse a Estados Unidos como compradora de moda profesional.

Arianna tuvo envidia de Gina. A ella le habría gustado estudiar Arte, pero a los dieciocho años no había tenido la suficiente seguridad en sí misma después de que su institutriz le dijera que no tenía el tesón necesario como para hacer una carrera. En lugar de contradecirla, había confirmado esa opinión dedicando los seis siguientes años a ir de fiesta con sus amigos ricos.

Su falta de experiencia empresarial era otro aspecto que le preocupaba a la hora de lanzar su negocio. Nunca había tenido que manejar un presupuesto y tendría que tomar importantes decisiones económicas. Como siempre que pensaba en ello, la asaltó la angustia y el temor a fracasar. Pero su voz interior se elevó sobre sus dudas: ¿no era mejor fracasar que no intentarlo? Esa era la conclusión a la que había llegado durante su estancia en el hospital, un año atrás.

–He visto un cuaderno de dibujo vacío. ¿Te importa que lo use? –preguntó–. Me gustaría entretenerme dibujando.

–No creo que a Gina le importara. Pero no creas que vas a aburrirte –dijo Santino con firmeza–. Al contrario que tú, yo no tengo un regimiento de sirvientes, y espero que asumas tu parte del trabajo. Aunque no sepas cocinar, supongo que podrás fregar los platos. No, no hay friegaplatos –añadió al ver que Arianna miraba a su alrededor–. Bienvenida al mundo real, *cara*.

–No soy una completa inútil –replicó ella, ofendida por el tono burlón de Santino, aunque no hubiera fregado un plato en su vida.

Mirando la pila de cacharros que tenía para fregar, Arianna pensó que Santino debía de haber usado todas las cazuelas de la cocina a propósito. Pero después de fregarlas y colocarlas en sus respectivos armarios, se dio cuenta de que había disfrutado haciendo algo práctico.

A través de la ventana, vio a Santino cortando leña para la estufa. Se había quitado la camiseta y sus anchos hombros brillaban de sudor. Al imaginárselo estrechándola contra sí y besándola, Arianna sintió un pulsante calor en el vientre.

Santino la miró en ese momento y ella se ruborizó, pero no apartó la mirada, y la expresión que vio en sus ojos hizo que la sensación de su interior se intensificara. Aun cuando no estaban en la misma habitación, la tensión sexual que había entre ellos electrizaba el aire, y Arianna se preguntó cómo iban a vivir juntos durante semanas sin acabar entregándose a aquella latente pasión.

Suspiró temblorosa cuando él retomó su tarea. Habría podido pasar el resto del día contemplándolo, pero sabía que era mejor estar lo menos posible con él. No porque temiera la reacción de Santino, sino porque le daba miedo la ardiente sensualidad que despertaba en ella.

Nunca había sentido nada igual por otro hombre. Necesitaba distraerse, así que subió al dormitorio y se sentó a dibujar. Un rato más tarde, oyó una llamada a la puerta y fue a abrirla con el corazón agitado,

Santino apoyó las manos en el marco de la puerta y preguntó con el ceño fruncido:

—¿Vas a pasarte el resto del día escondida y enfurruñada?

Su mal humor hizo que Arianna se sintiera mejor, al darse cuenta de que también ella lo alteraba.

—Se me ha pasado el tiempo volando mientras trabajaba —miró el reloj y vio que llevaba media tarde dibujando figurines.

Santino enarcó una ceja en un gesto burlón.

—¿Trabajando? ¿Sabes lo que eso significa? —miró por encima del hombro de Arianna y vio los dibujos sobre la cama—. Ah, quieres decir dibujando vestidos.

—¡Son los diseños que quiero llevar a cabo cuando vuelva a mi estudio de Londres! —exclamó ella, furiosa. Se echó a un lado para dejarle entrar y Santino tomó varios de los papeles.

–No sé nada de moda, pero parecen muy detallados –la miró inquisitivo, como si quisiera leerle el pensamiento–. ¿Tienes un estudio?

Esa palabra hacía que el espacio que acababa de alquilar sonara más sofisticado de lo que era. Pagaba el alquiler con el dinero que había heredado de su abuela y para ella representaba su primer paso hacia la independencia.

–¿Pretendes emular a tu padre o solo estás jugando a ser diseñadora de moda hasta que te aburras? –preguntó Santino.

–Desde luego que no. Randolph no sabe nada de mis planes –Arianna se mordió el labio inferior–. Tú eres la primera persona a la que se los cuento.

Y se arrepentía de haberlo hecho, pero Santino la había ofendido con su insinuación de que no era capaz de hacer nada por sí misma. Continuó:

–Confío en lanzar mi marca, «Anna», en la Semana de la Moda de Londres en febrero del año que viene, si es que consigo un socio que me financie –percibió la incredulidad de Santino–. Por eso quiero asistir a la de septiembre, para ver las nuevas tendencias y hacer algunos contactos.

Indicó con la mano los bocetos que había sobre la cama y añadió:

–Esas son ideas para mitad de temporada, que en la industria se conoce como pre-otoño, y que se celebra a finales de noviembre. El Consejo Británico de la Moda ha ofrecido una oportunidad a nuevos diseñadores para que presenten sus proyectos. Me permitirá tantear la reacción de algunos periodistas y compradores, pero tendré que trabajar deprisa para llegar a tiempo. Y pasar estas semanas en Sicilia no va a ser de ayuda –concluyó desanimada.

Se inclinó sobre la cama para recoger los papeles dispersos y el amplio cuello de su blusa se deslizó de su hombro, dejándolo a la vista. Santino juró entre dientes.

–¿Cómo te has hecho ese corte? Tiene mala pinta.

–No es nada –contestó Arianna–. Uno de los hombres de la playa llevaba un anillo y me arañó al intentar sujetarme.

Santino posó la mano en su otro hombro y la empujó suavemente para que se sentara.

–Voy a buscar algo para curarte. Espera aquí.

En lugar de protestar por su tono autoritario, Arianna se sintió agradecida.

Santino fue al cuarto de baño y volvió con un botiquín de primeros auxilios del que sacó una pomada.

–No te muevas –dijo, extendiéndosela por el corte con una sorprendente delicadeza.

Arianna tuvo un súbito recuerdo de su madre curándole las rodillas que se había raspado al caer de la bicicleta. Adoraba a Celine, pero su padre las había separado al insistir en mandarla a un colegio interna cuando cumplió ocho años. Las alumnas mayores se reían de las pequeñas si lloraban, y Arianna aprendió a esa temprana edad a ocultar sus sentimientos tras una fachada de fortaleza.

Sin saber por qué, la inesperada amabilidad de Santino hizo que se le humedecieran los ojos. Parpadeó, pero una lágrima le rodó por la mejilla.

–¿Te duele? –preguntó Santino. Y su tono de preocupación la emocionó aún más. No podía recordar la última vez que le había importado a alguien. Sacudió la cabeza por temor a hablar y delatarse. Santino se sentó a su lado. Tomándola por la barbilla la obligó a mirarlo y secándole la lágrima con el pulgar, dijo con dulzura : No llores, *piccola*.

Arianna miró los labios de Santino al tiempo que él los aproximaba a ella y volvió a sentir aquella inexplicable atracción que había entre ellos. Desde el principio había habido una conexión mutua que había intentado ignorar, pero Arianna ya no quería resistirse; quería lanzarse a esa hoguera y quemarse en su sensualidad.

Santino le acarició la mejilla con una mano y deslizó la otra bajo su cabello. A Arianna se le aceleró el corazón hasta dejarla sin aliento, y una sensación caliente y ávida se asentó en la boca de su estómago al ver la mirada de deseo con la que Santino atrapó su boca haciendo que la tierra diera vueltas bajo sus pies.

Arianna sabía a miel, dulce y adictiva, y Santino no pudo resistirse. Se dijo que solo le daría un beso de consuelo, negándose a admitir cualquier otro sentimiento. La vulnerabilidad que había intuido en sus ojos marrones removía algo en su interior que no estaba dispuesto a plantearse y aún menos a definir. Prefería seguir pensando que el aire de abandono que percibía en ella era solo una ilusión provocada por las luces y sombras que envolvían a Arianna.

Pero en ese momento era completamente real. Sus labios eran suaves y húmedos, y su cálido aliento le llenó la boca. Santino anheló tenerla más cerca y al sentarla sobre su regazo estuvo a punto de enloquecer cuando su trasero le presionó el endurecido miembro. Su perfume excitaba sus sentidos. Olía a flores exóticas, pero también a un aroma exclusivo de ella que no sabía identificar y que era tan perturbador como la mujer que se abrazaba a su cuello y presionaba sus senos contra su pecho.

Podía sentir sus pezones duros y calientes quemándolo a través de la camiseta. Daba lo mismo quién fuera Arianna verdaderamente. En aquel instante lo besaba con una pasión igual a la suya, y nada podría impedir que se permitiera aquello que había deseado desde el instante en que la vio: Arianna debajo y sobre él. Fantasear con ella lo había mantenido en vela cada noche, y ya no pensaba cuestionarse por qué lo fascinaba más que ninguna otra mujer.

Sin separar sus labios de los de ella, metió una mano por debajo de su top de seda y le acarició el vientre antes de atrapar uno de sus senos. Lo cubrió con su mano y percibió el temblor que la recorría cuando le pasó el pulgar por el pezón. Su piel era tan suave como un melocotón y quiso saborearla. Separándose de ella levemente, le quitó la blusa por la cabeza y desnudó su torso.

Era perfecta. Sus senos redondos y firmes, con pezones rosados que se alzaban provocativamente, invitándolo a recorrerlos con la lengua. Santino se asombró de que le temblaran las manos al recorrerle el cabello con los dedos. El deseo le bombeaba la sangre y por cómo jadeaba, supo que Arianna sentía un deseo tan intenso como el suyo.

Apartó la extraña idea que había tenido ocasionalmente de que su aire de inocencia era genuino. Las anécdotas de sus excesos habían ocupado demasiadas columnas de cotilleos. Eso a él le daba lo mismo. Le gustaba el sexo con mujeres sexualmente seguras de sí mismas. Ver la herida de su hombro hizo que vacilara, y quizá le habría hecho recordar que su deber era protegerla, pero Arianna hizo que lo olvidara al levantarle la camiseta y acariciarle el pecho.

–Bruja –musitó cuando ella le pasó las uñas por los pezones, logrando que su miembro se endureciera aún más.

Sin poder dominar su impaciencia, se quitó la camiseta y agachó la cabeza para atrapar y succionar uno de sus pezones. El efecto en Arianna fue instantáneo, pero la sonora exhalación que escapó de su garganta no podía ser de… sorpresa. Una vez más, Santino rechazó cualquier duda y se concentró en sus senos, haciendo rodar un pezón entre sus dedos mientras lamía el otro con la lengua.

Arianna se arqueó hacia atrás, ofreciéndole los senos, y Santino pensó que no había visto nunca nada tan hermoso como ella en aquel instante. El fuego que había entre ellos se intensificó y el mundo se desvaneció. Rodaron sobre la cama y Santino se incorporó sobre un codo mientras deslizaba la otra mano hacia la cintura de los shorts de Arianna.

–Mírame –ordenó mirándola con una pregunta muda en los ojos.

Ella contestó atrayéndolo hacia sí y entreabriendo los labios a su lengua y a sus besos. Santino pensó que podría besarla toda la eternidad. Arianna era una sirena que lo atraía hacia su perdición, pero en aquel momento lo único que a él le importaba era poseer aquel maravilloso cuerpo y perderse entre sus muslos de seda.

Con una torpeza inhabitual en él consiguió desabrocharle los shorts y quitárselos. Luego se quedó de rodillas, admirando las gráciles líneas de su figura, casi desnuda aparte de unas mínimas braguitas negras que ocultaban su femineidad.

Sus ojos estaban abiertos y oscurecidos por el deseo y a Santino se le contrajeron las entrañas al oír el suave gemido que emitió, parte protesta y parte súplica, cuando él aplicó su boca contra el encaje negro. El aroma de su excitación le saturó los sentidos cuando apartó la prenda y deslizó la lengua por su lubricada y húmeda abertura. Su ardiente humedad le supo a néctar, y percibió el temblor que recorría a Arianna cuando introdujo su lengua más profundamente hacia el centro de su feminidad, lamiéndola, saboreándola.

Sus gemidos de placer estuvieron a punto de hacer que Santino llegara al punto de no retorno, pero consiguió mantener suficiente control como para recordar que no tenía ningún preservativo consigo. También recordó que su hermana y su prometido habían ocupado aquel dormitorio y, tras abrir el cajón de la mesilla, encontró un paquete. Estaba tan endurecido que temió estallar, y tuvo que contener un grito cuando, al quitarse bruscamente los pantalones y los boxers, se golpeó el sexo.

Se puso de nuevo de rodillas en la cama y miró a Arianna. Su cabello se esparcía sobre la almohada y sus grandes ojos estaban iluminados como dos llamas doradas. Las elegantes y sensuales curvas de su cuerpo eran una obra de arte, y solo imaginar que aquellas piernas eternas pronto se enredarían alrededor de su cintura le contrajo las entrañas. Sus voluptuosos senos eran firmes y suaves a un tiempo, coronados por unos pezones como cerezas de las que no lograba saciarse. Inclinó la cabeza y los mordisqueó, sonriendo cuando Arianna se retorció y gimió.

En el futuro, se lo tomaría con calma y dedicaría más tiempo a los preliminares. Pero en aquel instante estaba demasiado desesperado por estar dentro de ella. Colocándose el preservativo, le quitó las bragas y le pasó los dedos por el vértice oscuro que coronaba sus muslos antes de separárselos. Sujetando su peso sobre los codos, se colocó sobre ella y reclamó su boca con un beso ávido.

—Debería decirte que… —musitó Arianna contra sus labios.

¿Habría cambiado de idea? Aunque el corazón le latía con tanta fuerza que casi lo ensordecía, Santino logró frenarse.

—Lo único que debes decirme es si quieres que siga, *cara* —dijo entre dientes—. Basta un «sí» o un «no».

—Sí —dijo ella sin vacilar.

Un profundo alivio recorrió a Santino, intensificando el calor que sentía en la entrepierna. Ya no podía esperar. El deseo lo consumía. Deslizó la mano por detrás de las nalgas de Arianna y le elevó las caderas. Por fin estaba donde quería: a las puertas del paraíso.

Avanzó y la penetró con decisión. Entonces se

quedó parado. Su desconcierto se convirtió en incomprensión e incredulidad al notar que Arianna se quedaba rígida bajo él. El grito agudo que acababa de escapar de su garganta había sido de dolor.

¿Cómo demonios era posible que Arianna fuera virgen?

La culpabilidad lo atravesó mientras la tensión iba abandonando el cuerpo de Arianna y sus músculos se relajaban para acomodarlo. Santino se sintió como si su vibrante miembro estuviera envuelto por un guante de terciopelo. Su lubricado interior le tentaba a profundizar aún más en Arianna, pero se contuvo a la vez que tragaba con fuerza. Lo más desconcertante fue el fugaz y fiero sentimiento de triunfo que lo atravesó, una posesividad que lo sacudió hasta la médula y que racionalmente rechazó de inmediato. El sexo y las emociones no eran una combinación que le hubiera interesado nunca.

Haciendo un esfuerzo sobrehumano, salió de Arianna y, apoyándose en el codo a su lado, preguntó:

—¿Por qué?

—¿Por qué soy virgen? —preguntó Arianna, bajando la mirada.

—Exactamente, *cara*. Tus *affaires* se han publicado en la prensa con todo lujo de detalles.

Arianna se ruborizó y dijo airada:

—Nadie se cree la basura que se publica en los tabloides.

Santino entendió la insinuación de que quien se la creía era un idiota, y entonces se dio cuenta de que había preferido pensar mal de ella.

—¿Y cuando fuiste a ver a tu amante en Positano?

—preguntó, recordando los celos que había sentido al imaginársela en la cama con otro hombre.

—Estaba aprendiendo a coser —Arianna se encogió de hombros, abatida—. Asumiste que estaba con un hombre porque te creías mi reputación.

Santino suspiró.

—¿Nunca te has planteado denunciar a la prensa o pedir que se retractaran?

Arianna lo miró con los párpados entornados y Santino se sintió culpable por no haber creído en la vulnerabilidad que había percibido más de una vez.

—Si te dijera la verdad te reirías.

—Inténtalo.

—Las únicas veces que mi padre me llamaba era cuando se publicaba algún escándalo sobre mí. Pero no porque le preocupara mi bienestar, sino por temor a que afectara a su compañía —se mordió el labio inferior—. Cuando era pequeña, Randolph solo recordaba que existía cuando me portaba mal, así que me especialicé en ello. Pero, hace un año, decidí que quería cambiar de vida —sonrió con tristeza—. Supongo que por fin he madurado.

Santino pasó por alto los complejos sentimientos que Arianna despertaba en él.

—No estoy tan seguro —dijo burlón—. Deberías haberme dicho que era tu primera vez.

—Lo he intentado, pero… —los ojos de Arianna centellearon con orgullo—. ¿Me habrías creído?

Santino la observó, consciente de que no podía sucumbir al deseo que despertaba en él, y de que debía cumplir con su deber de protegerla. Asintió con la cabeza y preguntó:

–¿Por qué yo?

La respuesta de Arianna lo alarmó.

–Sabía que contigo estaría a salvo –musitó.

«¡A salvo!». Santino se avergonzó de sí mismo.

–Arianna…

Ella lo interrumpió.

–Desde el principio has cuidado de mí.

–Ese es mi trabajo –masculló Santino.

Ella sacudió la cabeza.

–Es más que eso, y tú lo sabes. Hay una conexión entre nosotros –antes de que Santino lo negara, añadió con vehemencia–: Quería que fueras el primero.

–Y por ser quien eres, has decidido que tienes derecho a hacer lo que te da la gana –dijo él enfurecido–. Deberías haber sido sincera en lugar de entregarme tu virginidad para… ¿Qué pretendías? ¿Que me enamorara de ti?

Santino se levantó y se puso los boxers, evitando mirarla para protegerse de sus propios sentimientos.

–Hace unos minutos querías hacerme el amor –dijo ella–. No pensaba que fueras a darte cuenta de que era mi primera vez, pero no sabía que me dolería tanto –admitió.

Santino se sintió aún más culpable.

–Yo no creo en el amor –declaró con aspereza–. Solo quería sexo contigo. Y asumía que tenías experiencia.

Se agachó para recoger la camiseta del suelo y se la puso. Cuando volvió a mirarla, se alegró de que Arianna se hubiera tapado con la sábana y hubiera ocultado su precioso cuerpo a sus ávidos ojos. Maldiciendo entre dientes, fue hacia la puerta.

–No es raro que una clienta crea sentir algo por su guardaespaldas. Mi responsabilidad es cuidar de ti hasta que pase la amenaza de secuestro, pero tienes una visión romántica de nuestra relación. Espero que pronto se resuelva la situación. Hoy he recibido un informe de la policía italiana diciendo que está a punto de actuar contra la banda. Cuando vuelvas a tu vida cotidiana, te olvidarás de mí.

–¿De verdad crees eso, Santino? –preguntó ella con la mirada encendida. Se puso de rodillas con los brazos en jarras, exponiendo su hermoso cuerpo, sus firmes senos, sus delgados muslos y el triángulo de vello que ocultaba su feminidad–. Sé que me deseas.

La tensión hizo que a Santino le dolieran los músculos mientras libraba una batalla interna. Podía cruzar la habitación, tomar a Arianna en sus brazos y acabar lo que habían comenzado. La tentación le aceleraba la sangre en las venas, pero luchó contra ella. Su deber era proteger a Arianna, incluso de sí misma, si era necesario; y muy particularmente de él, que no podía darle lo que ella estaba buscando.

–Te equivocas –dijo impasible–. Yo quiero una mujer para la que el sexo no sea nada emocional. No alguien dependiente e inmaduro que busca una figura paterna que le preste la atención de la que siempre ha carecido –Arianna lo miró horrorizada y Santino tuvo que decirse que estaba siendo cruel por su bien.

Salió al pasillo y concluyó:

–Lo mejor será que te vistas y que olvidemos todo esto.

Capítulo 8

¡ERA UNA idiota! Arianna sintió que el calor de sus mejillas se intensificaba, y no solo por ir apretada en un vagón de metro. Hacía más de cuatro meses que Santino la había rechazado y destrozado su orgullo. Le había costado superarlo, y todavía se moría de vergüenza cada vez que recordaba el momento en el que la había dejado plantada en el dormitorio.

Apenas hacía unos minutos, al ver a un hombre alto y de cabello oscuro en el andén, el corazón le había dado un salto de alegría, para luego desplomarse al comprobar que no era él. Buscaba su rostro en todas partes, aun sabiendo que no estaba en Londres. Debía de seguir en Sicilia o quizá en Devon. No le había dicho a qué se dedicaba desde que había vendido su negocio, pero cabía la posibilidad de que hubiera decidido volver a la granja de sus abuelos.

Se le encogió el corazón al recordar la sonrisa de picardía con la que le había confesado que no le gustaba ordeñar vacas. Ella le había sonreído a su vez, conmovida por que hubiera compartido con ella algo que probablemente no le había dicho a ninguna de las mujeres con las que se acostaba pero con las que no se comprometía. Había almacenado cada detalle que le había contado como una urraca acumulaba tesoros en su nido. Y por las noches, dejaba volar su imaginación, pensando en el cuerpo desnudo de Santino, en la perfección de sus músculos y de su piel cetrina, en el vello que oscurecía la base de su sexo.

El metro se detuvo en la siguiente estación y Arianna se alegró de poder bajarse. Pero no consiguió evitar que su mente siguiera recordando la vergüenza e incomodidad que había sentido en Casa Uliveto, intentando coincidir con Santino lo menos posible y recordar que entre ellos no podía haber nada.

En el pasado, cuando sus amigas hablaban de sexo, ella trataba de imaginarse el momento en el que finalmente perdiera la virginidad. Como romántica que era, había soñado con entregarse a un hombre en el que confiara, y había creído encontrarlo. Pero el cruel rechazo de Santino había acabado con la fantasía de que sentía algo por ella, de que le importaba. Había dejado claro que su trabajo era protegerla, que lo que ella sentía era un simple encaprichamiento.

Conteniendo un escalofrío de vergüenza, Arianna se sumó a los pasajeros que subían las escaleras mecánicas de la estación London Bridge. Miró la hora y se le contrajo el estómago al darse cuenta de que estaba a punto de llegar tarde a la cita más importante de su vida.

Sus pensamientos volvieron a Sicilia. Había tenido suerte de que su estancia solo se prolongara una semana más. Una mañana temprano, Santino había llamado a su puerta, y ella se había despreciado a sí misma por albergar la esperanza de que estuviera allí para reclamarla.

Pero en lugar de eso, le había informado con frialdad de que la policía italiana había arrestado a la banda, que ya no estaba en peligro de ser secuestrada, y que había organizado un avión privado para que la llevara a Positano o a Londres, de acuerdo a lo que ella decidiera. Era evidente que Santino estaba ansiando que se marchara, y Arianna se dijo que la impresión de que había en su mirada una mezcla de tristeza y arrepentimiento había sido solo producto de su imaginación.

Volvió al presente súbitamente al salir de la estación y recibir una bocanada de aire frío cargado de aguanieve. Diciembre había anunciado la llegada del invierno y su elegante traje de chaqueta y los zapatos de tacón no la protegían de las inclemencias del tiempo. Se arrepintió de no haber tomado un taxi, pero desde que vivía con un presupuesto ajustado no podía permitirse esos lujos.

Afortunadamente, el edificio al que iba estaba cerca. Alzó la mirada hacia el rascacielos de cristal que reflejaba las lúgubres nubes y entró. Las oficinas de Tiger Investments ocupaban la planta diecisiete y Arianna respiró profundamente e intentó calmar sus nervios al salir del ascensor y entrar en la elegante y moderna recepción.

—Tengo una cita con Rachael Martin —dijo a la recepcionista tras presentarse.

La joven sonrió.

—Ahora mismo le aviso de que ha llegado.

Mientras esperaba, Arianna repasó mentalmente

su presentación. Tiger Investments había contactado con ella después de que solicitara financiación para su negocio de moda a una red de ángeles inversores, inversores individuales o compañías que proporcionaban capital a nuevos negocios a cambio de un porcentaje de los beneficios.

Se preguntó cómo habría alcanzado Rachael Martin el éxito empresarial, y como en numerosas ocasiones tuvo dudas sobre la posibilidad de abrirse un hueco en el competitivo mercado de la moda, pero la convicción de que sus diseños eran especiales hizo que sonriera cuando oyó su nombre.

—¿Señorita Fitzgerald? Soy Rachael. Sígame, por favor.

La mujer tenía una seguridad en sí misma que Arianna envidió. La siguió por un largo pasillo hasta una sala con paredes de cristal que le hizo pensar en una gran pecera… en la que un tiburón avanzaba hacia ella.

—¿Qué estás haciendo aquí? —el corazón le golpeó el pecho mientras miraba a Santino. Tenía un aspecto diferente, pero igualmente guapo. En lugar de vaqueros llevaba un traje gris oscuro, una camisa azul celeste y corbata azul oscuro—. ¡No me digas que trabajas para Tiger Investments!

—Soy el dueño de Tiger Investments —la corrigió él con frialdad.

—Pero… yo creía que Rachael Martin… —Arianna miró hacia atrás y vio que la mujer se había ido.

—Rachael es mi ayudante personal. Le pedí que organizara la cita porque suponía que te negarías a verme.

–Tenías razón. No tenemos nada de que hablar. ¿Es esta otra demostración de crueldad? ¿Pretendías que me animara creyendo que contaba con financiación para luego negármela?

Santino entornó los ojos.

–Tú te entregaste a mí, *cara*. No te hagas la mártir.

Arianna se ruborizó al asaltarla imágenes eróticas del fantástico cuerpo desnudo de Santino sobre ella, su sexo abriéndose camino entre sus piernas…

Santino fue hacia el escritorio, se sentó en la esquina e indicó la silla que había delante.

–Siéntate, por favor; a no ser que quieras hacer tu presentación de pie.

–¿Para qué? –preguntó Arianna indignada por lo que solo era una pérdida de tiempo–. Necesito una inversión mínima de quinientas mil libras y dudo que los beneficios que hayas obtenido con la venta de la *delicatessen* de Devon te lo permita.

–Mi compañía, que se comercializó como Toni's Deli,se valoró en doscientos setenta y cinco millones de libras cuando la vendí.

Arianna se dejó caer en la silla.

–¿Eras dueño de la cadena Toni's Deli? Es famosa en toda Europa.

Santino asintió con la cabeza.

–Llegué a tener dos mil tiendas en diecisiete países. Finalmente la vendí para montar Tiger Investments. La cuestión no es si tengo o no suficiente dinero –dijo con sorna–, sino si puedes convencerme de que invierta en tu producto.

Se irguió, pero en lugar de sentarse al otro lado

del escritorio, tomó una silla y la acercó a Arianna.
Ella notó un traicionero rubor en las mejillas. A
aquella distancia, el olor de su loción para después
del afeitado evocó recuerdos de sus apasionados besos. Verlo ya la había desconcertado; saber que era
millonario la había dejado perpleja.

Encendió su portátil y abrió el PowerPoint que
Jonny la había ayudado a preparar para presentar su
proyecto: Anna.

—Tienes que hacer un resumen sucinto del modelo
de negocio. No más de diez o quince diapositivas
que causen un gran impacto —le había dicho su
amigo—. No leas las notas o sonarás como un robot,
y mira a los ojos a la persona que te entreviste.

Eran muy buenos consejos, pero a Arianna se le
había quedado la mente en blanco. Se equivocó y abrió
la carpeta equivocada.

—Lo siento. Un segundo —masculló. No podía mirar a Santino a los ojos. Cuando apareció la primera
diapositiva en pantalla se le cayeron las notas que
tenía en la mano. Al inclinarse a recogerlas, sus dedos rozaron los de Santino y sintió una descarga
eléctrica.

Había estado convencida de que nunca se sentiría
tan humillada como cuando se había ofrecido a Santino y él la había rechazado, pero quince minutos
más tarde, cuando terminó la presentación y contestó
titubeante a las preguntas de Santino, se dio cuenta
de que estaba equivocada.

Cuando el silencio de Santino se prolongó, terminó por preguntar nerviosa:

—Bueno, ¿qué te parece?

–Creo que es la peor presentación a la que he asistido –dijo él bruscamente. Arianna se obligó a mirarlo y vio que la miraba con impaciencia–. Tus habilidades de venta son espantosas y no pareces tener ni idea de cómo crear una marca.

Se apoyó en el respaldo de la silla y cruzó las piernas en actitud arrogante antes de continuar:

–Lo único que te salva es que creo en tu producto. Mi hermana vio tu colección de pre-otoño el mes pasado en el mercado de nuevos creadores y volvió entusiasmada con tus diseños.

Arianna se animó levemente.

–¿Quieres decir que te plantearás invertir en Anna?

Santino se puso en pie y fue hasta la ventana. El cielo nublado y la lluvia fina pero pertinaz le hicieron añorar Sicilia. Pero su adorada Casa Uliveto ya no era el lugar de reposo del pasado.

Después de que Arianna se fuera, había asumido que la olvidaría con relativa prontitud. Pero su imagen lo perseguía y le impedía dormir. Había sido consciente al organizar aquella cita de que, al verla, corría el riesgo de dejarse llevar por una parte de su anatomía, la que en aquel momento sentía endurecida bajo los pantalones, que no tenía nada de racional.

Su plan de negocios era absurdo, pero intuía que Anna tenía un enorme potencial. Había visto el nombre de Arianna en una red de ángeles inversores y cuando Gina había ido a Londres le pidió que fuera a ver su colección.

–Es la diseñadora más creativa del año, o de la década –le aseguró Gina–. Arianna Fitzgerald tiene un extraordinario talento.

Santino se separó de la ventana y estudió a Arianna, irritándose por la inmediata reacción de su cuerpo. Era aún más hermosa de como la recordaba. Deslizó la mirada por sus largas piernas y sus vertiginosos tacones; la chaqueta ajustada enfatizaba su delgada cintura; se había desabrochado el primer botón y se apreciaban sus senos altos y firmes bajo la blusa de seda.

Se dijo que había sido optimista al pensar que conseguiría no inmutarse al verla. De hecho, una de las razones de querer verla había sido ponerse a prueba, pero la dolorosa erección que tenía era la demostración de que había fracasado.

–No comprendo por qué en tu presentación no has mencionado que tu padre es Randolph Fitzgerald –dijo bruscamente–. Ni por qué quieres financiación cuando él podría dártela.

Arianna se tensó.

–No he tenido ningún contacto con él desde que volví a Londres y no sabe nada del proyecto.

–Vincular tu marca de moda a Fitzgerald Design sería una manera excelente de promover Anna.

–No –Arianna se puso en pie de un salto–. Anna es mi marca; los diseños son míos y si tengo éxito quiero que sea por mis propios méritos, no por quién sea mi padre.

–¿Y si fracasas?

–No voy a fracasar –replicó Arianna con ojos centelleantes–. Mis diseños son buenos. La colección pre-otoño recibió unas críticas excelentes y la que voy a presentar en febrero en la Semana de la Moda de Londres es aún mejor –dijo vehementemente.

Dio. Santino habría querido quemarse en su ardiente pasión. La palpitación de su entrepierna se intensificó al imaginarse a Arianna desnuda sobre el escritorio. Todo habría sido más fácil si no le interesara su proyecto. Solo tendría que invitarla a cenar y seducirla, y estaba seguro de que en el plazo de un mes, tal y como le había pasado siempre, se habría cansado de ella.

Pero el mismo instinto que le había hecho millonario, le decía que debía invertir en Anna. Cruzó la habitación, tomó las notas de la presentación que Arianna había dejado en el escritorio y las tiró a la papelera.

–Esto es lo que pienso de tu plan de negocio –dijo, ignorando el sentimiento de culpabilidad que sintió al ver la expresión abatida de Arianna–. Estoy dispuesto a invertir medio millón de libras en tu marca, pero quiero un cuarenta por ciento de la compañía.

Al ver cómo se iluminaban sus ojos y el rubor que asomó a sus mejillas, pensó que nunca había visto a Arianna tan preciosa, y tuvo que sentarse para ocultar su abultada braguera.

–Además –continuó en tono arisco–, vas a tener que mejorar tus habilidades de marketing. Tendrás que verme un par de veces a la semana para trabajar en estrategias de venta y planes de promoción.

–No tengo tiempo –protestó ella–. Había pensado contratar a alguien que se ocupara de ese aspecto del negocio para poder concentrarme en mi labor creativa.

–No puedes hacer solo lo que te gusta –replicó él con impaciencia–. Tienes que llegar a entender todas las facetas del negocio. Crear un producto es lo más fácil. Lo difícil es persuadir a la gente de que compre el tuyo y no el de tus competidores –se puso en pie para indicar que daba la reunión por terminada–. Mi equipo legal redactará un contrato para que lo firmes. A continuación, recibirás el dinero en tu cuenta.

Arianna se puso en pie a su vez. Estaba elegante y serena y Santino habría querido agitarla y liberar a la mujer apasionada que había descubierto en Italia.

–Sé que tengo que aprender muchas cosas, y estoy dispuesta a que me enseñes lo que sea preciso –dijo con calma.

Santino se preguntó si se estaba imaginando un doble sentido en sus palabras. Lo asaltaron imágenes eróticas de todo lo que podía enseñarle en la cama. Arianna sonrió y él se quedó sin aliento. No había sido una de sus sonrisas fingidas para la prensa, sino la genuina que él había visto en una ocasión en la playa de Positano. Abierta y sincera, le iluminaba el rostro y hacía que las motas doradas de sus ojos marrones refulgieran.

–Gracias –musitó Arianna–. No te arrepentirás.

Santino pensó que era demasiado tarde para eso, pero se dijo que mantendría la relación en un plano puramente profesional. No quería experimentar los confusos sentimientos que Arianna despertaba en él.

Observó el sexy contoneo de sus caderas al ir hacia la puerta y se dijo que tenía que aplacar su deseo.

Pero el aroma de su perfume perduró el resto del día en el despacho y le impidió concentrarse. Se dijo que podía retirar su oferta, que Arianna conseguiría otro inversor y él podría recuperar su vida de apacible indiferencia.

Apretó los dientes. El Servicio Aéreo Especial tenía el lema: «Solo quien arriesga, gana». ¿Tenía sentido perder una buena oportunidad comercial porque temía las emociones que Arianna le hacía sentir?

Estaba seguro de poder manejar la inconveniente atracción que sentía por ella. Y, si no lo lograba, siempre podía acabar con su fascinación acostándose con ella.

Capítulo 9

TRES frustrantes semanas más tarde, Santino tuvo que reconocer que se había equivocado. Pero el problema no era su inversión en la marca de moda de Arianna.

El lanzamiento oficial de Anna tendría lugar en la Semana de la Moda de Londres, a comienzos del año. El éxito que había tenido entre los periodistas en la muestra de pre-otoño, había dado lugar a una creciente clientela. Hasta el punto de que él la había aconsejado que se mudara a un estudio más grande y contratara a cortadoras y costureras. Hasta entonces, ella lo hacía todo, y Santino sabía que solía trabajar hasta bien entrada la noche.

También lo habían impresionado su ética profesional y su determinación para tener éxito. En sus reuniones semanales, había demostrado tener una aguda inteligencia y capacidad de aprendizaje. Santino se dio cuenta pronto de que ansiaba que llegaran sus encuentros. El humor ácido de Arianna le hacía reír. Además, escuchaba bien y se descubrió contándole cosas que jamás había compartido con nadie; episodios de su paso por Afganistán, o historias de sus compañeros y de su sentimiento de culpabilidad por Mac.

–Dudo que te guste oír estas historias –dijo un día al mirar el reloj y ver que habían pasado más de dos horas.

–Deberías hablar de ello en lugar de guardártelo –replicó Arianna con dulzura, haciendo que Santino se conmoviera y estuviera a punto de no poder reprimir la tentación de abrazarla y besarla.

Se preguntó cuándo había pasado de ser la niña mimada de comportamiento escandaloso a la trabajadora, divertida y compasiva mujer que había llegado a conocer bien. Pero entonces se dio cuenta de que no se había producido una transformación, sino que esa era la verdadera Arianna Fitzgerald.

Santino le daba vueltas a aquellas ideas un viernes por la tarde, cuatro días antes de Navidad mientras conducía por una zona de Londres que tenía el dudoso honor de ser uno de los barrios más desfavorecidos de la ciudad. El problema era Arianna; mejor dicho: su obsesión con Arianna. Pensaba en ella constantemente y eso tenía que acabar. La única solución posible era tener un *affaire* con ella. Otra, habría sido asignarle uno de sus ejecutivos para continuar las tutorías sobre marketing, como James Norton, subdirector de financiación. Pero había visto cómo miraba a Arianna y le bastaba recordar que prácticamente salivaba al verla para sentir un ácido corrosivo en la boca del estómago.

No comprendía la posesividad que sentía respecto a Arianna y eso le inquietaba. En el pasado, las mujeres pasaban por su vida sin dejar huella. Disfrutaba de su compañía y del sexo y no volvía a pensar en ellas cuando la relación acababa. Por eso quería creer que la solución a su problema con Arianna era acostarse con ella. La química sexual que había habido entre ellos desde el principio seguía siendo tan fuerte como en Sicilia, solo que allí el sentido del deber le había hecho reprimirse.

Siguiendo las indicaciones del navegador, Santino aparcó en una calle estrecha de casas victorianas transformadas en apartamentos. Comprobó la dirección en el papel que le había dado el mayordomo de Lyle House, donde había ido a buscar a Arianna. No le había quedado más remedio que cancelar la cita del viernes porque había tenido una reunión en Alemania. La siguiente cita estaba programada para después de las Navidades, así que la excusa para verla era comentar con ella una idea para la promoción de Anna. Pero el mayordomo le informó de que Arianna se había mudado de la casa de su padre al volver de Italia.

Un grupo de jóvenes con latas de cerveza estaba junto a la puerta principal. Miraron a Santino con suspicacia, pero su altura y envergadura le proporcionaba una ventaja evidente y se retiraron para dejarle pasar. De uno de los apartamentos salía música a todo volumen, y Santino apretó los labios al ver una bolsa de basura abierta en la escalera que conducía al primer piso.

Arianna abrió la puerta cuando llamó y miró con cautela por la ranura que dejaba la cadena de seguridad. Al ver a Santino abrió los ojos de sorpresa.

—¿Qué haces aquí?

—Yo iba a preguntarte lo mismo —dijo él en tensión, siguiéndola al sórdido apartamento que contenía una cama, un sofá, una vieja televisión, y una mínima cocina y un aseo al otro lado de un pasillo–. ¿Por qué estás viviendo en este cuchitril?

–No puedo permitirme otra cosa. Los alquileres en Londres son exorbitantes y solo cuento con el dinero que heredé de mi abuela. Con el de la cuenta de negocios pago el estudio, pero no lo uso para gastos personales.

–¿Por qué dejaste la casa de tu padre?

–Porque quiero librarme de su control. No quiero que nadie me acuse de depender de él ni económica ni empresarialmente. Anna debe ser completamente independiente de Fitzgerald Design.

Santino recorrió la habitación. Al volverse hacia Arianna vio que tenía el mismo gesto de inquietud que había visto en Casa Uliveto, cuando se movía como un ratoncito atemorizado, y sintió un instantáneo sentimiento de culpabilidad por haber sido demasiado rudo con ella para poder combatir su deseo.

–¿Querías algo? –preguntó ella–. Es tarde y estaba a punto de irme a la cama.

Tenía el cabello recogido con una pinza y unos rizos húmedos indicaban que acababa de ducharse. Santino bajó la mirada a la holgada camisa de hombre que llevaba y sintió un calor intenso al continuar el recorrido por sus piernas desnudas e imaginárselas enredadas a su cintura. Anhelaba pegar sus labios a su delicada clavícula y desabrochar los botones uno a uno para poder sentir en sus manos sus preciosos senos.

–Ven a Nueva York conmigo a pasar las Navidades –dijo bruscamente. Apretó los dientes al ver la mirada de sorpresa de Arianna al mismo tiempo que se preguntaba a sí mismo si se había vuelto loco. Una vez más, lo controlaba una parte de su anatomía distinta de su cabeza.

—Yo-yo —balbuceó Arianna—. Tengo otros planes.

—¿Qué planes? —dijo él con aspereza—. O mejor, ¿con quién? ¿Con el amante que te ha dado esa camisa?

Arianna replicó con frialdad:

—Jonny me ha dado unas camisas que iba a tirar porque sabe que me gustan como camisón. Y aunque no sea de tu incumbencia, no tengo ningún amante.

—La semana pasada cené en el Dorchester y te vi con Jonny Monaghan —masculló Santino, recordando cómo le había torturado imaginársela pasando la noche con el aristócrata en una de las suites del hotel.

—Jonny es solo un buen amigo. Insisto: no es de tu incumbencia, pero lleva años enamorado de Davina —Arianna puso los brazos en jarras—. Sabes perfectamente que mi primera vez fue contigo. Y tengo que admitir que después de esa insatisfactoria experiencia no me ha apetecido repetir.

—¿Insatisfactoria? —repitió Santino como si lo hubiera abofeteado.

—Así es. No sé tú, pero yo no sentí nada excepcional —por debajo del tono arrogante de Arianna, Santino intuyó algo que lo enfureció consigo mismo. Sabía que la había herido y en aquel instante se lo confirmó el temblor de los labios de Arianna—. No sé qué quieres —concluyó ella, bajando la voz.

—¿Estás segura? —Santino no era consciente de haberse acercado a ella como si fuera un imán. La tenía tan cerca que podía sentir el calor que emanaba su cuerpo. El aroma de su piel lo cegaba de deseo.

Vio cómo sus ojos se oscurecían cuando le retiró la pinza del cabello y sus rizos cayeron en cascada sobre sus hombros. Arianna no se resistió cuando la estrechó entre sus brazos.

–Entonces deja que te lo demuestre –susurró contra sus labios antes de besarla con el deseo que había reprimido desde que la dejara en un avión en Sicilia.

Arianna sabía que no debía abrir los labios al beso de Santino, pero no pudo evitarlo. Sabía que era una locura, pero no le importaba. Tras meses echándolo de menos y tres semanas anhelando que la acariciara, estaba inerme ante su sensual embestida. El brillo de sus ojos verdes revelaba un anhelo que Santino no podía ocultar. La firme presión de su sexo contra la pelvis la impulsó a arquearse contra él, buscando la proximidad de su musculoso cuerpo.

Arianna se dijo que su inesperada visita le había nublado la mente y le imposibilitaba pensar mientras todo su ser se concentraba en los labios de Santino sobre los suyos. Cuando él deslizó la lengua en su boca se sacudió con el deseo que solo aquel hombre despertaba en ella. Se abrazó a sus hombros, anclándose a su poderoso cuerpo mientras su corazón se henchía.

Aquel beso era tal y como lo había soñado durante las largas noches de insomnio tras su vuelta de Sicilia. Sentía los senos pesados y un calor líquido entre los muslos. Santino sabía a gloria y, cuando tomó su rostro entre las manos, sintió su corta barba rasparle las palmas. Él hundió una mano en su cabello y, rodeándola por la cintura con el otro brazo, la alzó del suelo y la llevó hasta la cama.

—Te deseo —dijo Santino con voz ronca—. Y sé que tú a mí también. Tu cuerpo te traiciona deliciosamente, *cara* —deslizó los dedos por la pechera de la camisa y encontró sus endurecidos pezones. Arianna se estremeció cuando se los frotó con el pulgar. Pero la arrogancia que había percibido en su voz le recordó la frialdad con la que la había rechazado.

¿Qué clase de idiota era, mostrándose de nuevo vulnerable? ¿Dónde estaba la dignidad por la que tanto había luchado?

Irguiéndose, se separó de él.

—Es verdad que te deseo —dijo con voz ronca. No tenía sentido negar lo evidente—. Pero a pesar de mi limitada experiencia, sé que no quiero sexo sin compromiso. Sé que hay a quien le funciona, pero yo he esperado veinticinco años para perder la virginidad, y quiero algo más que eso.

La cara de sorpresa de Santino le habría hecho reír si no se sintiera al borde de las lágrimas.

—¿Qué esperabas? —preguntó él mordaz—. ¿Una declaración de amor? ¿Una alianza?

Arianna se pensó la respuesta.

—Solo querría una declaración si fuera sincera. En cuanto al matrimonio… —hizo una mueca—. La experiencia de mis padres me ha hecho desconfiar de él. Pero sí aspiro a tener una relación que incluya amistad y respeto.

—Yo te respeto —insistió él—. Pero no tengo intención de enamorarme.

Arianna intentó ignorar cómo se le encogía el corazón.

–¿Por qué no? ¿De qué tienes miedo?

Santino juró entre dientes.

–El amor no es más que una palabra bonita para el deseo. Lo que hay entre nosotros es real y sincero.

Alargó las manos hacia Arianna y el roce de sus dedos en la mejilla estuvo a punto de quebrarla. A punto. Pero sabía que no se respetaría a sí misma si sucumbía a la tentación de que Santino le demostrara lo maravilloso que era el sexo con él. Porque estaba segura de que no sería suficiente para ella, que quería de él lo que Santino no estaba dispuesto a dar, y eso la destrozaría.

Retrocedió y se abrazó la cintura para reemplazar el calor de los brazos de Santino.

–Será mejor que te marches –dijo en un susurro. Una punzada de orgullo le hizo repetir las palabras que él había usado en Sicilia–. Olvidaremos que esto ha pasado.

Los ojos de Santino centellearon.

–Me iré si estás segura de que eso es lo que quieres. Pero no volveré a pedírtelo, *cara*.

Arianna miró la moqueta raída cuando oyó que Santino abría la puerta. Al oír que se cerraba, alzó la cabeza y corrió hasta la puerta, apretó la mejilla contra ella y escuchó los pasos que se alejaban. La tentación de abrirla y llamarlo fue enorme. Habría querido pasar la Navidad con él en Nueva York en lugar de sola, en aquel espantoso lugar. No podía evitar echar de menos su antigua vida rodeada de lujo. Pero no podía permitir que Santino la salvara. Tenía que salvarse por sí misma.

Permaneció apoyada en la puerta hasta que las pisadas enmudecieron, diciéndose que había hecho lo que debía. Pero su victoria la dejó vacía.

Las Navidades fueron un periodo de actividad frenética, y Arianna estuvo ocupada a principios de año trasladándose a su nuevo estudio de la calle Bond, que incluía un gran taller y una amplia sala de exposición. Estar ocupada la ayudaba a no pensar en Santino. Pero, por las noches, le torturaba imaginárselo asistiendo a fiestas en Nueva York, con mujeres hermosas y experimentadas.

Echaba de menos sus reuniones con él, que siempre se prolongaban durante el almuerzo. Santino era generoso con su tiempo cuando le explicaba estrategias empresariales y tenía fantásticas ideas de promoción. Era comprensible que se hubiera convertido en millonario, aunque Arianna sospechaba que la clave estaba en su determinación y su capacidad de trabajo. Él le había dicho que estaba demasiado ocupado como para tener una vida privada, y Arianna se preguntaba si esa era su excusa para evitar las relaciones personales.

¿Por qué no aceptaba que era con ella con quien no quería una relación?, se preguntó con rabia. En lugar de pensar en él como una adolescente enamorada, debía concentrarse en su trabajo. Tener un taller mayor le había permitido contratar a una modista y a una cortadora, mientras que en la sala de exposición mostraba las prendas terminadas y ofrecía un servicio de asesoramiento. El alquiler en la calle más exclusiva de Londres era exorbitante, pero Santino había insistido en que necesitaba estar en la zona adecuada para atraer a la clientela adecuada.

Le habría gustado que Santino acudiera a la inauguración de su primera tienda Anna, pero no había sabido nada de él desde que se había ido de su apartamento, diez días atrás. Lo echaba de menos desesperadamente y a menudo se preguntaba por qué lo había rechazado cuando añoraba estar en sus brazos...

El sonido de la campanilla de la puerta hizo que saliera del despacho, asumiendo que sería su primera clienta, pero le sorprendió ver a un mensajero, que le entregó una caja. Al abrirla, encontró un exquisito ramo de lirios, fresias y campanillas cuyo perfume impregnó el aire.

En el ramo había un sobre, y a Arianna se le aceleró el corazón al ver que era una invitación a una cena y un baile de beneficencia de la Sociedad de Empresarios. Al dar la vuelta a la tarjeta, leyó:

Te recogeré en el estudio a las siete.
Por favor, ven.
Tuyo, Santino.

Arianna se preguntó por qué habría firmado «tuyo», cuando era evidente que no lo era. Pero tras poner el ramo en un florero y dejar la tarjeta apoyada en él, cada vez que la veía se le iluminaba el rostro.

Para la tarde siguiente estaba hecha un manojo de nervios. Santino no había llamado para asegurarse de que lo acompañaría y su arrogancia hizo que Arianna se preguntara si no estaría cometiendo un error.

Tenía sentido que Santino la recogiera en el estudio porque estaba cerca del hotel en el que se celebraba la cena. Arianna se había puesto uno de sus diseños: un vestido palabra de honor de terciopelo negro, ceñido en el torso y con falda amplia de tul negro y plateado. Llevaba el cabello suelto, retirado del rostro con una cinta de terciopelo y una gargantilla de diamantes.

Cuando oyó el timbre, corrió a abrir con el corazón acelerado.

—Hola —dijo, ruborizándose al notar que tenía la respiración agitada.

Santino estaba espectacular con un esmoquin y una fina camisa de seda blanca.

Él la observó detenidamente y con un brillo fiero en sus ojos verdes, musitó:

—*Bellissima*.

Arianna fingió no entenderlo y se llevó la mano al cuello:

—Perteneció a mi abuela.

La sonrisa pícara de Santino le aceleró el pulso.

—No estaba seguro de que fueras a venir —su tono levemente ronco borró toda duda en Arianna, que sonrió y dijo:

—Voy por mi abrigo.

—Espera. Dame la muñeca —Santino metió una mano en el bolsillo y Arianna se tensó cuando le colocó un precioso brazalete de diamantes.

Se mordió el labio inferior.

–No puedo aceptarlo.

–Es tu regalo de Navidad. Y la manera de disculparme por comportarme como un idiota la otra noche –mirándola con curiosidad, Santino preguntó–: ¿Has pasado unas buenas Navidades?

–He estado ocupada. Me ofrecí de voluntaria en un refugio para personas sin hogar.

Santino seguía sujetando la muñeca de Arianna y, tomándole la mano, se la besó.

–Poca gente conoce a la verdadera Arianna Fitzgerald –musitó con voz aterciopelada–. Me encantaría tener la oportunidad de ser una de ellas.

Mientras Arianna pensaba si hablaba en serio y cómo contestarle, Santino la ayudó a ponerse el abrigo. El aire frío de la noche refrescó las acaloradas mejillas de Arianna de camino al coche.

–¿Lo has pasado bien en Nueva York? –preguntó en tono casual cuando iban hacia el hotel–. ¿Has ido a muchas fiestas?

–A ninguna. He estado con mi hermana y su prometido. Gina está en los primeros meses de embarazo y sufre de náuseas matutinas, así que he hecho de cocinero. Después fui a ver a mis abuelos a Devon para intentar convencer a mi abuelo de que contrate a alguien que le ayude en la granja. ¡Tiene casi ochenta años y sigue ordeñando las vacas!

–¿Te quedarás con la granja en el futuro?

Santino negó con la cabeza.

–Supongo que la venderemos, a no ser que Gina la quiera. En teoría iban a quedársela mis padres, pero, cuando murió mi madre, mi padre dedicó los siguientes diez años a beber hasta matarse –dijo con amargura.

La conversación concluyó porque llegaron al hotel, pero había bastado para que Arianna se diera cuenta de lo difícil que tenía que haber sido la adolescencia de Santino, y se preguntó si esa era la razón de que Santino fuera tan huraño. El afecto que teñía su voz al hablar de su hermana era la prueba de que, aunque las reprimiera, era capaz de sentir emociones profundas.

Arianna había acudido a numerosas fiestas de la alta sociedad, pero aun así, le impresionó la magnificencia del salón. De cena se sirvieron cinco platos exquisitos, aunque la proximidad de Santino la alteraba demasiado como para disfrutar de la comida. Bebió champán, pero las burbujas que sentía en su interior se debían a las miradas cargadas de Santino y al roce de su muslo contra el de ella bajo la mesa.

Después de la cena, se sucedieron los discursos de los representantes de las empresas y organizaciones que habían participado en el evento. Santino se disculpó, y Arianna se sorprendió al ver que subía al estrado.

De pie, tras el atril, explicó que había fundado una organización benéfica para ayudar a los excombatientes heridos a encontrar trabajo. La había llamado «Es Posible», y ofrecía asistencia práctica junto con apoyo psicológico para quienes sufrían los traumas de la guerra. Santino habló emotivamente de su socio, Mac Wilson, que había perdido las piernas en una explosión, y del numeroso personal del ejército que había quedado inválido y necesitaba encontrar una nueva carrera profesional.

Más tarde, durante el baile, Santino estrechó a Arianna contra sí y acarició su frente con su aliento. Sus cuerpos se movieron en completa armonía, y con un suspiro, Arianna se entregó a la música y al irresistible y misterioso hombre que la sostenía en sus brazos como si fuera un bien precioso.

Cuando ya recorrían las calles en el coche, lamentó que el baile hubiera concluido. Santino pareció leerle el pensamiento y, mirándola de soslayo, preguntó con voz ronca:

–¿Quieres venir a casa a tomar una copa?

Instintivamente, Arianna supo que Santino no la presionaría si decía que no, que no volvería a preguntárselo.

Su voz interior le dijo que no tenía nada que perder. La química sexual que había entre ellos había sido palpable toda la noche, y la atención que Santino le había dedicado no había sido fingida. El deseo que sentía por ella era visible en la intensidad de su mirada. Ya no era su guardaespaldas. Arianna comprendió entonces que había sido su sentido del honor lo que le había impedido hacerle el amor en Sicilia. Pero en aquel instante, ya no necesitaba que la protegiera.

Se habían detenido en un semáforo y Arianna buscó la mirada de Santino en la oscuridad del coche.

–Está bien –dijo con voz tranquila–. Pero ya he bebido suficiente.

La lenta sonrisa que él le dedicó la hizo estremecerse.

–Tendremos que pensar en hacer alguna otra cosa, *cara mia*.

Capítulo 10

ARIANNA se había imaginado el apartamento de Santino minimalista y sofisticado, pero era clásico, con suelos de madera y muebles que recordaban a Casa Uliveto, en Sicilia. Las puertas dobles de cristal daban a una terraza que lo recorría todo a lo largo, con vistas al Támesis y a la Torre de Londres.

–Dame el abrigo –dijo, colocándose detrás de Arianna y mirándola a través del reflejo del cristal.

Arianna le ayudó a que se lo quitara y le vio dejarlo sobre una silla, junto con su chaqueta. Luego Santino se quitó la pajarita y se desabrochó el cuello de la camisa. El aroma de su loción para después del afeitado excitó sus sentidos y cuando Santino posó sus manos sobre sus hombros desnudos se le puso la carne de gallina. El calor del cuerpo de Santino resultaba embriagador, y fue consciente de la fuerza poderosa de su torso cuando él la atrajo hacia sí. Pudo notar el bulto de su erección presionándole el trasero, y sus entrañas se derritieron. El aliento de Santino le acarició la clavícula cuando susurró:

–¿Has cambiado de idea respecto a tomar una copa?

Arianna intuyó que no quería empujarla a hacer

nada que no quisiera y que esperaba que ella le hiciera una señal. Con el pulso acelerado, se volvió de frente a él.

–No –dijo con voz ronca–. No quiero una copa. Quiero que me hagas el amor.

Algo fiero y salvaje brilló en los ojos de Santino, que con voz pausada dijo:

–Lo mío no es el amor, *cara*.

La advertencia estaba clara: «No esperes más de lo que estoy dispuesto a darte». Y Arianna se prometió que no lo haría. Aceptaría las reglas de Santino, pero estaba convencida de que, si no exploraba las emociones que despertaba en ella, se arrepentiría el resto de su vida. Poniéndose de puntillas, rozó con sus labios los de él.

–Entonces enséñame que es «lo tuyo» –lo retó con dulzura.

–*Dio!* Me vuelves loco –exclamó Santino, inclinando la cabeza y besándola con una posesividad que hizo que a Arianna se le desbocara el corazón.

El deseo que le trasmitieron sus labios acabó con cualquier duda que pudiera albergar, y notó el instante en el que el control de Santino se quebraba cuando ella acudió decidida a su encuentro, con una pasión tan ardiente como la de él.

–¡Eres preciosa! –dijo él con voz áspera, alzando los labios de los de ella y recorriendo con ellos su cuello y la curva de sus senos, por encima del escote del vestido. Los pezones de Arianna estaban prietos y calientes, y ella se estremeció cuando Santino le bajó la cremallera de la espalda y los liberó del corpiño de terciopelo para tomarlos en sus manos.

Ella se arqueó en una muda súplica, ofreciéndole los senos, y no pudo contener un gemido de placer cuando él cerró la boca en torno a una de sus endurecidas cúspides y la recorrió con la lengua, antes de moverse hacia la otra. Cuando se las succionó, Arianna sintió una presión en la pelvis, una necesidad primaria que la consumió y le hizo ansiar que Santino aplacara la tensión que se le acumulaba en la ingle.

–¿Tienes idea de cuántas noches he fantaseado con esto? –gruñó él–. Ojalá hubieras venido a Nueva York.

–Y a mí me habría gustado ir –dijo Arianna–. Quiero que me enseñes todo, Santino.

Él dejó escapar un juramento y acabó de bajar la cremallera hasta que el vestido cayó a los pies de Arianna. Con ojos ávidos estudió su cuerpo desnudo excepto por unas mínimas braguitas de seda negra y unas ligas con una banda de encaje en el muslo.

–Preciosa –repitió en un tono grave cargado de deseo antes de tomarla en brazos y llevarla al dormitorio.

Arianna no se fijó más que en la enorme cama mientras Santino la abría y la depositaba sobre la sábana de satén. Luego lo observó mientras se quitaba la ropa y sintió un hormigueo en la boca del estómago cuando se quitó los boxers y su sexo endurecido se proyectó hacia delante desde el bosque de vello de la ingle.

Las lámparas de las mesillas proyectaban una luz dorada que enfatizaba los rasgos tallados en bronce del rostro de Santino. Era una obra de arte, tan hermoso que Arianna se sentía al borde del desmayo al imaginárselo dentro de ella.

–Quiero tocarte –musitó cuando él se arrodilló sobre ella.

Arianna le recorrió el pecho, explorando los surcos de sus abdominales, pero, cuando rozó el extremo de su sexo, Santino dejó escapar un gemido y le atrapó la mano.

–Ahora no, *cara*. Te deseo demasiado.

Apoyando el trasero sobre los talones le quitó las medias lentamente y luego las bragas. Con ojos centelleantes, le separó las piernas y le pasó los dedos por su abertura, sonriendo con picardía al llevárselos a los labios y chuparlos.

–¡Qué dulce sabes! –musitó, volviendo los dedos a sus húmedos pliegues y separándolos con delicadeza para adentrarse en ella sin apartar la mirada de sus ojos–. ¿Te gusta esto?

Rotó los dedos hasta que Arianna jadeó y se retorció.

–¡Por favor! –gimió ella. Se sentía una esclava en sus manos expertas. Santino movió la palma sobre su pubis a la vez que con el pulgar encontraba el sensible centro de su clítoris hasta que ella elevó las caderas contra su mano, buscando desesperadamente algo que sentía aproximarse pero insoportablemente esquivo.

Cuando Santino retiró los dedos, Arianna tuvo el súbito temor de que fuera a rechazarla una vez más y cerró los ojos.

–Arianna, mírame –dijo él con voz aterciopelada.

Ella obedeció y se le paró el corazón al ver la intensidad con la que la observaba–. Nunca he deseado nada tanto como te deseo a ti –dijo, como si estuviera haciendo una promesa.

Ella lo observó con la boca seca mientras se ponía un preservativo. El pulso se le aceleró cuando se colocó sobre ella y le abrió las piernas con el muslo antes de aproximarse hasta que la punta de su masculinidad pudiera abrirse camino suavemente hacia su interior, que fue reclamando milímetro a milímetro, hasta llenarla plenamente. Su gran tamaño hizo que contuviera el aliento y él esperó a que sus músculos lo acomodaran.

–*Sei mia* –musitó sin separar los labios de los de ella, antes de volver a besarla aún más eróticamente.

Arianna recordó que las palabras significaban «eres mía», pero no pudo seguir pensando cuando Santino salió levemente de ella para adentrarse aún más profundamente y repetir el movimiento una y otra vez rítmicamente, acelerando al elevar ella las caderas y elevándola más y más alto hasta que la tensión que se acumuló en su interior se hizo casi insoportable. Entonces volvió a besarla con una dulzura que la conmovió.

–Déjate ir, *cara mia* –susurró al mismo tiempo que deslizaba la mano entre sus cuerpos sudorosos y encontraba el núcleo de su feminidad.

El efecto de la caricia fue devastador: la combinación del movimiento de sus dedos con el imparable ritmo de sus caderas la lanzó al precipicio, y Arianna gimió al sentirse arder. La intensidad de su orgasmo fue indescriptible, y cuando unos segundos más tarde Santino resopló y colapsó sobre ella, con el cuerpo sacudido por los embates del clímax, Arianna sintió que sus almas estaban tan profundamente conectadas como sus cuerpos.

Santino rodó sobre la espalda, jadeante, con el corazón latiéndole como un pistón en el pecho. Había tenido la certeza de que el sexo con Arianna sería bueno. La química que había entre ellos era tan intensa que había bastado una chispa para producir una explosión en cadena.

Inicialmente había querido demostrarle que no había nada insatisfactorio en sus habilidades como amante, pero pronto había perdido el control de su urgente deseo. La sangre le había bombeado en las venas, y al penetrarla y sentirla tan ceñida, había estado a punto de dejarse ir. Eso no le había pasado jamás, y se preguntó por qué la combinación de inocencia y sensualidad de Arianna lo convertía en un títere en sus manos.

Aunque quizá no tanto como un títere, se dijo, al notar que se endurecía al instante. Pero no debía olvidar que solo era sexo, que no había nada sentimental, que era puramente físico.

Giró la cabeza y estudió a Arianna cuando ella se sentó. El rubor de sus mejillas parecía reflejarse en sus pezones, que él había succionado. Santino habría querido volver a hacerlo, pero el rostro de incertidumbre de Arianna lo detuvo. Ella se retiró el cabello de la cara y la gargantilla de diamantes centelleó bajo la luz de la lámpara.

–Deberías llevar siempre diamantes, *cara* –musitó

él, atrapando uno de sus senos en su mano y acercando los labios a su endurecida cúspide.

La suave exhalación que escapó de labios de Arianna prendió el deseo de Santino, pero le desconcertó ver que ella ponía los pies en el suelo para levantarse.

–Tengo que marcharme –Arianna se agachó y, tras recoger del suelo las bragas y el vestido, se puso en pie–. Los taxistas no quieren ir a mi barrio a partir de cierta hora de la noche.

–No quiero que vuelvas a tu piso –dijo Santino. De hecho, decidió que le buscaría un apartamento más seguro.

–Ya no eres mi guardaespaldas –repuso ella con firmeza.

Santino reconoció un brillo de determinación en sus ojos y supo que debía manejar la situación con inteligencia. Se levantó y fue hacia ella.

–Me has pedido que te lo enseñara todo –le recordó, quitándole el vestido y dejándolo en una silla antes de tomarla en brazos y llevarla hacia la cama–. Apenas hemos empezado, *cara mia*.

Arianna abrió los ojos desmesuradamente al ver que él la dejaba y se ponía un preservativo en su sexo plenamente erecto.

–¿Quie-quieres repetir?

–¿Tú qué crees? –dijo Santino con sorna, colocándose sobre ella de manera que el extremo de su sexo rozaba su húmeda entrada a su cueva.

Arianna se mordisqueó el labio inferior y dijo:

–Creo que estoy preparada para mi segunda clase.

Su tembloroso susurro incrementó el deseo de Santino. Pero para asegurarse de que estaba completamente preparada para recibirlo, se inclinó y le dedicó una íntima caricia con la lengua que la hizo retorcerse y hundir los dedos en su cabello.

—Por favor… —gimió cuando finalmente él alzó la cabeza.

Al adentrarse en ella, atravesando sus pliegues de seda y entrar profundamente en su interior, Santino volvió a tener la extraña sensación de que una mano le apretaba el corazón. Pero entonces ella le rodeó la cintura con las piernas, tal y como él se había imaginado tantas veces, y apartó todo pensamiento de su mente al tiempo que la sujetaba por las caderas y se mecía fuera y dentro de ella, hasta que los dos alcanzaron juntos el clímax.

Después, ella se acurrucó contra él mientras su respiración se calmaba. Cuando intentó moverse, él la sujetó con firmeza por la cintura.

—Quédate —musitó—, y por la mañana te prepararé un buen desayuno.

Ella se desperezó como un gato adormecido.

—Está bien, pero tengo que quitarme la gargantilla. Es delicada y no quiero que se rompa.

Santino le soltó el cierre y se la dejó en la mano.

—Se ve que significa mucho para ti —comentó.

—Me la regaló mi abuela Charlotte, a la que adoraba. Murió cuando yo tenía doce años, un año más tarde de que mi madre se fuera a Australia. Fue la única persona que intuyó que mi mal comportamiento se debía a la pérdida de mi madre. Estaba enfadada y confusa.

Santino recordaba haber sentido lo mismo tras la muerte de su madre.

–Supongo que volvía a verte desde Australia con regularidad.

–No, no había vuelto a verla hasta principios de este año. Cuando nos reencontramos éramos dos desconocidas.

Mientras Santino se deshacía del preservativo en el cuarto de baño, se preguntó si alguno de los periódicos que habían etiquetado a Arianna como una niña mimada se había molestado en averiguar lo difícil que había sido su infancia. El dolor que percibía en su voz cuando hablaba del abandono de su madre y de la indiferencia de su padre, lo enfurecía.

Al volver al dormitorio, no le sorprendió encontrarla dormida. Él, en cambio, no tenía sueño. Arianna le hacía sentirse más vivo de lo que se había sentido nunca. No solía invitar a sus amantes a pasar la noche, pero no se arrepintió de haberlo hecho cuando Arianna se acurrucó contra él en cuanto se metió en la cama. Su cabello estaba esparcido sobre la almohada y sus largas pestañas proyectaban sombras sobre sus mejillas. Al día siguiente ya se enfrentaría a las complicadas emociones que despertaba en él y adoptaría algunas medidas. Pero por el momento, se contentó con estrecharla contra sí y contar sus pestañas una a una.

Cuando Santino se despertó a la mañana siguiente, la cama estaba vacía y pronto descubrió que el apartamento también. Al mirar la hora, le sorprendió ver que eran casi las diez. Él jamás dormía hasta tan tarde y menos si le había pedido a una mujer que se quedara a dormir. En esos casos solía levantarse incluso antes para ir al gimnasio y evitar incómodas preguntas sobre futuras citas.

Pero Arianna se había ido sin dejarle una nota, y Santino intentó convencerse de que debía sentirse aliviado.

Dos tazas de café más tarde y después de una ducha, seguía de mal humor, y al llegar a la oficina llamó a Arianna, solo para asegurarse de que había llegado a casa sin contratiempos.

–Estoy en el estudio. Tenía que abrirle la puerta a mi ayudante –explicó ella en un tono casual que irritó a Santino–. No he querido despertarte.

Él esperó a que preguntara cuándo volverían a verse, o a que le lanzara alguna indirecta, pero Arianna se limitó a añadir en tono distraído:

–Estoy ocupada. Tengo una cita con una clienta que quiere comprarme varios modelos para un crucero.

–Cena conmigo esta noche –dijo él apresuradamente–. Te recojo a las siete.

–Me temo que no puedo.

Santino apretó los dientes. ¿Estaba jugando a hacerse la difícil?

–Tengo otra cita a las siete y media con una clienta que no podía venir a ninguna otra hora, pero estaré libre para las nueve, si quieres que nos veamos –dijo entonces Arianna.

Santino se relajó parcialmente.

–Iré a por ti a las nueve.

–Muy bien –tras una pausa, Arianna añadió–: Estaré lista para mi próxima clase.

Santino se quedó mirando el teléfono, sin saber si maldecir o reírse, y pasó todo el día pensando en cómo castigarla por haberlo provocado, aunque solo se le ocurría torturarla besando cada milímetro de su cuerpo.

Para cuando fue a recogerla a las nueve, había conseguido dominarse, y estaba decidido a ser él quien llevara las riendas de la relación. Arianna tendría que comprender que era él quien marcaba los tiempos. Compartían una intensa atracción física, pero una pasión así no podía durar y calculaba que en un mes se habría saciado.

La ayudante de Arianna se marchaba cuando él entró y Santino cerró con llave antes de subir las escaleras al despacho. Arianna estaba trabajando y él se detuvo en la puerta para deleitarse con la visión de su trasero mientras ella se inclinaba sobre la mesa de dibujo. Arianna debió de oír sus pasos y se giró, retirándose el cabello de la cara y dedicándole una sonrisa que tuvo un extraño efecto en su interior.

–¿Sabes qué? –preguntó ella, dejando el lápiz, corriendo hacia él y lanzándose a sus brazos. Santino se rio, fascinado con su espontaneidad. Su perfume despertó sus sentidos, y aspiró su cabello mientras ella le rodeaba la cintura con las piernas–. Han venido dos clientas nuevas y me han encargado varios vestidos. Tenías razón con que debía montar el estudio en una calle conocida. Sin ti no tendría ni la tienda ni el estudio.

Arianna echó la cabeza hacia atrás para mirarlo a los ojos.

–Estás muy macho vestido de cuero –musitó, pasándole la mano por la cazadora de motorista–. ¿Qué harías si te besara?

La presión del deseo en la ingle de Santino hizo que exhalara bruscamente.

–¿Por qué no lo compruebas? –dijo provocativo. Y, cuando ella lo besó, dejó escapar un gemido–. ¿Eres consciente de lo que me haces? –musitó, empezando a desabrochar la blusa de Arianna.

Llevaba un sujetador semitransparente que permitía ver las rosadas puntas de sus pezones. Arianna presionó las caderas contra su sexo endurecido, moviéndolas sensualmente, mientras él la llevaba hacia la mesa de dibujo.

–Me hago una idea –musitó ella. Y se mordió el labio inferior cuando él le succionó los pezones a través del sujetador.

–Entonces entenderás que te necesito ahora mismo, *cara mia* –la dejó en el suelo y le desnudó el torso, apretando entre sus manos sus senos.

Su voz interior le susurró que debía contenerse, marcar límites, pero la acalló y deslizó la mano por dentro de los pantalones elásticos de Arianna, masajeándola por encima de las bragas antes de introducir los dedos en su cálido y húmedo interior.

Con la respiración entrecortada y las mejillas encendidas, Arianna le puso la mano en la bragueta y susurró:

–Yo también te deseo, pero ¿cómo podemos hacerlo?

–Así –Santino la besó apasionadamente y entonces la giró hacia la mesa y la inclinó hacia delante. Al ver que ella lo miraba con una mezcla de curiosidad e inquietud, él la tranquilizó–: Confía en mí, cariño, te va a gustar.

–Confío en ti –dijo ella.

Y Santino sintió una opresiva ternura en el pecho. Besó la espalda de Arianna con delicadeza y luego le bajó los pantalones y las bragas. Ella se quitó los zapatos y Santino la ayudó a retirar las prendas antes de volver las manos al contorno de su trasero. Con manos temblorosas liberó su endurecido sexo y, separándole las nalgas, la penetró, adentrándose lentamente a medida que sus músculos vaginales le daban acogida.

Santino jamás había experimentado nada igual. Apretando los dientes, la sujetó con fuerza por las caderas y fue meciéndose a una velocidad creciente, hasta que los gemidos de placer de ella le hicieron perder el poco control que le quedaba. Con un nuevo embate, alcanzaron juntos un clímax devastador que dejó a Santino tembloroso y laxo.

Después, la sostuvo en sus brazos y la besó con una dulzura casi más intensa que el sexo que acababan de tener.

–Esta noche vuelves a mi casa –dijo él cuando la acompañaba a su apartamento–. No puede gustarte vivir aquí.

–Claro que no –admitió ella–. Pero al menos soy independiente. Cuando mi marca empiece a vender, podré mudarme.

–Puedes ponerte un salario del dinero que he invertido en tu negocio. Entre tanto debes quedarte conmigo para que podamos seguir con las clases –musitó él, besándola de nuevo.

Cuando Arianna preparó una bolsa de viaje, fueron al apartamento de Santino, y mientras ella se daba un baño, él pidió comida de un restaurante Thai. Pero al verla salir del cuarto de baño, Arianna despertó en él un hambre mayor que el de la comida, y tuvo que poseerla de nuevo. Cuando finalmente cenaron, era ya medianoche.

–¡Qué divertido! –exclamó Arianna mientras comía *noodles*, sentada de piernas cruzadas en el sofá.

De pronto se puso seria y Santino preguntó:

–¿Qué pasa, *cara*?

–Nada. Me he acordado de que he leído un artículo desagradable en una revista de moda –dijo, intentando quitarle importancia. Pero Santino intuyó que le había dolido–. El periodista insinuaba que mi padre está detrás de mi proyecto.

Santino se frotó el mentón.

–Tenemos que diseñar una buena campaña de relaciones públicas antes de la Semana de la Moda. Podrías dar un par de entrevistas sobre Anna. También deberíamos hacer un comunicado conjunto para explicar que Tiger Investments es quien te financia.

–¿Estarías dispuesto a hacer eso?

–Claro. Después de todo, soy dueño del cuarenta por ciento de Anna –le recordó Santino–. Déjame a mí la campaña y tú concéntrate en diseñar una colección que los deje boquiabiertos –le soltó el cinturón del albornoz y le acarició los senos–. Pero ahora, quiero que te concentres en mí –dijo con la voz cargada de deseo.

Y tomándola en brazos, la llevó a la cama.

Capítulo 11

ARIANNA le dolían las rodillas de estar arrodillada delante de un maniquí cosiendo el bajo de un vestido. Le dolía la espalda y los dedos entumecidos de tanto coser, pero su modista no daba abasto, y a menos de una semana para el desfile Arianna empezaba a sentirse acosada por las dudas.

–Habíamos quedado en que no trabajarías más allá de las nueve –la voz de Santino tuvo el efecto acostumbrado de acelerarle el corazón.

Arianna se quitó un par de alfileres de entre los labios antes de ponerse en pie y volverse. Santino se había quitado el traje que le había visto ponerse por la mañana y llevaba unos vaqueros negros, un jersey gris y una chaqueta de cuero que le daba un atractivo aire de chico malo.

–Tengo que acabar esto –dijo ella. Pero Santino negó con la cabeza.

–No, *cara*. Tienes que volver a casa y darte un relajante baño.

Una ráfaga de placer recorrió a Arianna al oír la palabra «casa», que había compartido con él durante el último mes a pesar de que seguía pagando su viejo apartamento hasta encontrar otro. Pero había estado demasiado ocupada con los preparativos del desfile, y a Santino no le había gustado ninguno de los apartamentos que había visto online.

Arianna sabía que no debía llegar a creer que aquella situación era permanente; o que Santino quería algo más con ella que sexo sin ataduras. Pero, cuando él le sonreía como en aquel instante, o la besaba con una ternura que la derretía, no podía evitar preguntarse si no la amaba un poco. Por su parte, ella lo amaba con todo su corazón por más que la voz de su conciencia le advirtiera que iba a sufrir espantosamente.

Lanzó una mirada al maniquí.

—El desfile es en tres días y tengo mucho que hacer. Solo necesito cinco minutos. No estoy cansada —insistió.

—Por eso mismo debes irte pronto a la cama —dijo él insinuante.

Lo cierto fue que ni siquiera llegaron al dormitorio. Santino la abrazó y besó ávidamente en el ascensor del aparcamiento a su piso. Una vez dentro, se quitaron la ropa a ciegas y Santino le hizo el amor en el sofá con un ardor que la arrastró dos veces al clímax, antes de dejarse llevar él con un profundo gemido.

Por la mañana temprano, Arianna se despertó sobresaltada al oír gritar a Santino. Se incorporó y encendió la luz de la mesilla. Santino estaba a su lado, con las sábanas enredadas a la cadera, moviendo la cabeza agitadamente. Tenía los ojos cerrados y la respiración entrecortada. Cuando ella le tocó el hombro, abrió los párpados y la miró con expresión perdida.

–Tenías una pesadilla –explicó ella con dulzura.

–Perdona que te haya despertado –dijo él, pasándose una mano por el cabello.

Arianna se mordió el labio inferior y preguntó:

–¿Era sobre tu paso por Afganistán?

–No –dijo él con un resoplido–. Soñaba con mi padre –tras una pausa, continuó–. Ya te dije que tras la muerte de mi madre se dio a la bebida… Una noche desapareció de casa y al ver que no volvía, me preocupé. Fui a la playa a la que solía ir con mi madre…

–¿Lo encontraste?

–Sí. Se había metido en el agua vestido. Era invierno y había unas olas enormes. Para cuando lo alcancé estaba inconsciente. La fuerza del mar nos arrastraba contra las rocas, pero finalmente conseguí sacarlo a la arena. Y me dio un puñetazo.

–¿Por qué? –preguntó Arianna indignada.

–Por haberle salvado la vida. Quería morir y reunirse con mi madre –Santino apretó los dientes–. La amaba tanto que ni siquiera sus hijos le importábamos lo suficiente –se rio con amargura–. Eso es lo que hace el amor: debilitar y destruir a la gente.

Arianna bajó la mirada.

–Puede que haga eso a algunas personas, pero a otras las fortalece.

Respiró profundamente. La historia de Santino la había conmovido. Era comprensible que desconfiara de las emociones intensas. Pero estaba segura de que sentía algo por ella. En los últimos días, cada vez que hacían el amor su unión era tan completa que no podía ser puramente física. Escuchar la historia de sus padres le había permitido entender por qué Santino estaba tan decidido a dominar sus sentimientos, pero el que se hubiera abierto a ella tenía que significar algo.

—A mí el amor me ha hecho más fuerte —susurró—. Te amo, Santino.

—No deberías —dijo él fríamente—. Te dejé claro que no quería nada serio —sus ojos verdes chispearon en la penumbra—. Cualquier noción romántica que tengas respecto a mí es una fantasía. Ni creo en los finales felices ni estoy enamorado de ti.

Arianna sintió una puñalada en el corazón, pero no quiso perder la esperanza.

—No puedes negar que estas semanas hemos sido muy felices —musitó.

—Claro, hemos tenido un sexo excepcional, pero eso no puede durar.

—Solo porque tú no quieres —Arianna posó la mano en su brazo—. Comprendo que…

—No, Arianna, no lo entiendes —Santino sacudió el brazo para librarse de su mano. Se levantó y se puso una camiseta y unos pantalones de chándal—. Lo nuestro va a terminar porque no puedo darte lo que quieres. Yo no quiero enamorarme ni de ti ni de nadie.

Cada palabra fue como el golpe de un martillo, pero Arianna no estaba dispuesta a darse por vencida. Había aprendido a luchar.

—Sé que quieres a tu hermana —argumentó—. Creo que tienes miedo de enamorarte de mí, que temes darnos una oportunidad.

—No hay un «nosotros» —dijo él con aspereza,

yendo hacia la puerta–. Debía haber supuesto que querrías más –su tono fue tan frío e impersonal como la expresión de granito de su rostro–. Las mujeres siempre queréis más.

Arianna se quedó mirando la puerta cuando él se fue. Su último comentario despertó sus inseguridades más profundas al recordarle que solo era una más de una larga lista de mujeres que habían querido algo más que sexo con él. No tenía ni idea de cuál sería el siguiente paso, pero sí sabía que no soportaría que volviera a humillarla, que no podía seguir en su apartamento.

Parpadeó con fuerza para librarse de las lágrimas que le ardían en los ojos. La vieja Arianna se habría quedado en la cama, llorando. Pero tenía un negocio y un desfile en un par de días. Y recordó sobresaltada que tenía que dar una conferencia de prensa con Santino para promocionar Anna. Podría inventarse alguna excusa y no acudir, pero se recordó que no era una cobarde.

Se mordió el labio inferior. Santino era un héroe de guerra, así que era imposible que fuera un cobarde. Cuando decía que no la amaba, no estaba mintiendo, así que la ternura que ella creía haber visto en su mirada solo podía ser producto de su imaginación.

La conferencia de prensa iba a tener lugar en la sala de reuniones del edificio de Tiger Investments, y aunque Arianna tenía el corazón en un puño al saber que iba a ver a Santino, estaba decidida a ocultar su dolor.

Como había hecho tantas veces en el pasado, enterró sus verdaderos sentimientos tras una fachada de seguridad en sí misma y entró en su despacho con paso decidido, vestida con un traje de chaqueta rojo de falda corta y unos tacones de aguja.

–Llegas un poco justa. La reunión es a las doce y son menos cinco –dijo él, mirando el reloj. Y Arianna tuvo la satisfacción de pensar que buscaba cualquier excusa para no mirarla.

Santino abrió la puerta de la sala de reuniones y la dejó pasar. Ella alzó la barbilla y sonrió a los periodistas convocados. Se sentó en un sofá delante de ellos y Santino se acomodó a su lado. Arianna había preparado un breve discurso detallando sus ideas y aspiraciones para su marca de moda, y lo dio sin necesidad de revisar sus notas.

–Ha dicho que su financiación procede de Tiger Investments y que su padre, el famoso diseñador Randolph Fitzgerald no está en absoluto implicado en su marca –dijo un periodista.

–Así es. Anna es completamente independiente del negocio de mi padre.

–Eso no es del todo cierto –insistió el periodista, mirando a Santino–. ¿No es cierto, señor Vasari, que el padre de Arianna le dio un número significativo de acciones cuando su negocio salió a bolsa el verano pasado?

–No, está usted equivocado… –empezó Arianna.

Santino la interrumpió:

–Así es. Recibí acciones de Fitzgerald Design.

Arianna sintió que se le desplomaba el corazón.

–Así que hay un vínculo entre Randolph Fitzge-

rald y Anna –dijo el periodista, dirigiendo una mirada triunfal a Arianna–. El señor Vasari posee una
parte de la compañía de su padre y Tiger Investments
la financia. ¿Fue una maniobra de su padre para persuadir al señor Vasari de que invirtiera en su marca
de moda? ¿Es Randolph el genio creativo que está
detrás de Anna?

–Por supuesto que no –dijo Santino en tensión.

Pero Arianna apenas había oído la pregunta; le
dolía la cabeza y sentía náuseas. Se llevó la mano a
la cabeza como si temiera que fuera a estallarle.

–¿Estás bien, Arianna? –preguntó Santino inquieto.

–Tengo una migraña. Lo siento, tengo que acabar
aquí la entrevista –Arianna se puso en pie y salió de
la sala apresuradamente.

Cuando Santino le dio alcance y la tomó por el
brazo, se sobresaltó. Estaba furiosa y no fue capaz de
disimular el dolor de sentirse traicionada.

–No me toques, Judas –dijo entre dientes, alejándose de él con paso firme, la cabeza erguida y el corazón hecho añicos.

Un viento racheado batía la playa de Devon donde,
veinte años antes, Santino había salvado la vida a su
padre. Se metió las manos en los bolsillos mientras
contemplaba las olas romper en la orilla. La espuma
que escupía el mar revuelto y la neblina le pegaban
el cabello al cuero cabelludo, pero la helada tempe-
ratura exterior no era tan fría como la que sentía en
el corazón.

Estaba seguro de que nunca volvería a sentir calor ni sería capaz de sonreír. Porque había perdido a la única persona que le importaba más que nadie, la única que por un instante había derretido el hielo de su corazón.

–Arianna –susurró su nombre, que se llevó el aire.

Nunca olvidaría su expresión de perplejidad cuando el periodista había revelado que él había recibido acciones de su padre. Había sido un idiota no preparándose para algo así. No tenía por qué haber sido un problema. No solo no las había conservado, sino que las había donado a la organización benéfica que había creado. Pero Arianna no lo sabía porque no le había dado la oportunidad de explicárselo.

Se pasó una mano por los ojos y descubrió que estaban húmedos, pero se dijo que no podían ser lágrimas porque él nunca lloraba. Mientras avanzaba por la arena, los graznidos de las gaviotas eran el eco del silencioso grito de dolor que se elevaba desde su interior. ¿Se habría sentido así su padre cuando intentó ahogarse? Santino se detuvo y dio una patada a una montañita de arena. Su padre había preferido morir a vivir sin la mujer a la que amaba. En aquel momento él se enfrentaba a una vida vacía y sin la mujer que le había robado el corazón.

La acusación de Arianna de que temía amar lo torturaba. En el ejército le habían condecorado por su valentía, pero en el fondo era un cobarde. Desde la adolescencia había evitado los sentimientos y el amor. Pero eso solo lo había conducido a estar solo, en una playa vacía y sintiendo un espantoso dolor. Pero él no quería adentrarse en el mar. Quería estar junto a una determinada mujer y al tiempo que se iba de la playa, rezó para que no fuera demasiado tarde.

Los días previos a la Semana de la Moda de Londres habían sido aún más frenéticos de lo que Arianna había supuesto. Había tenido suerte de no tener tiempo ni para comer ni para dormir, porque dudaba que hubiera podido hacer ni una cosa ni otra. Y, si conseguía dormir un par de horas, lo primero en lo que pensaba era en la traición de Santino y el corazón le pesaba como si fuera de plomo.

Aquella noche debía sentirse exultante y estar de celebración en una de las fiestas a las que la habían invitado. Pero estaba sola en su estudio, al que había escapado después del desfile. Su colección había recibido una ovación y Anna era la marca más comentada por editores, blogs y revistas.

Un reconocimiento tan unánime no era habitual, y Arianna se sentía orgullosa de su éxito. Pero todo resultaba vacío si no tenía con quién celebrarlo. Jonny y Davina habían ido al desfile junto con otros amigos, pero ella solo ansiaba estar con Santino. Su ausencia era la prueba definitiva de que ella no le importaba.

Se puso alerta al oír pasos en la escalera. Había cerrado con llave y Santino era la única persona que tenía un juego de llaves. Dio media vuelta y el corazón le golpeó el pecho al verlo.

—Tienes un aspecto deplorable —dijo ella a bocajarro—. ¿Qué te ha pasado?

No había otra manera de describir su gesto cansado, la atormentada expresión de sus ojos, las arrugas marcadas.

–¿Está bien tu hermana? ¿Le ha pasado algo al bebé? –siguió preguntando Arianna.

Santino negó con la cabeza mientras la escrutaba con la mirada.

–Gina está perfectamente –Santino se detuvo frente a ella y se pasó la mano por el cabello–. Que sigas siendo tan compasiva a pesar de lo que te he hecho demuestra, aunque no necesitara pruebas, que soy el mayor idiota sobre la tierra.

Arianna desvió la mirada de él.

–No entiendo a qué te refieres, y la verdad es que no quiero saberlo. Quiero que te vayas.

Algo parecido a la desesperación cruzó el rostro de Santino.

–Por favor, escúchame. Luego, si quieres, me echas. Sé que me lo merezco.

Arianna parpadeó con furia para librarse de unas estúpidas lágrimas.

–¿Te dio mi padre acciones a cambio de que fueras mi guardaespaldas?

Santino la miró sin parpadear.

–Sí.

Arianna tuvo que contener un sollozo.

–Deberías habérmelo dicho cuando pedí financiación a Tiger Investments. Sabías lo importante que era para mí que Anna no tuviera ningún vínculo con mi padre.

–No me quedé con las acciones –dijo Santino en voz baja–. Las transferí a la organización benéfica que he creado para excombatientes. No hay ninguna conexión entre Anna y la compañía de tu padre; y he enviado una comunicación al respecto a la prensa.

–Ya sabes cómo son algunos periodistas –dijo Arianna con amargura–. Nunca creerán que mis diseños son enteramente míos.

–Los editores de moda con los que he hablado después del desfile están entusiasmados con tu trabajo.

Arianna lo miró con sorpresa.

–¿Cuándo los has visto?

–He ido al desfile –dijo él con dulzura–. ¡Me he sentido tan orgulloso de ti! Tienes un increíble talento y trabajas muchísimo. Te mereces todo el éxito que estoy seguro que vas a tener.

–¿Por qué no has venido a saludarme? –preguntó ella en un susurro.

–Porque era tu noche –Santino titubeó y un nervio le palpitó en la sien–. Temía ir a verte y que me mandaras al infierno. Soy un cobarde y un idiota, y no podía soportar la idea de que ya no quisieras volver a verme.

–Pensaba que eso era precisamente lo que querías tú –Arianna ya no pudo contener las lágrimas por más tiempo, y una se deslizó por su mejilla–. Me dejaste muy claro que no querías saber nada de mí.

–Te amo.

Otra lágrima siguió a la primera. Y otra. Arianna no sabía qué le dolía más, que Santino mintiera, porque tenía que estar mintiendo, o que la mirara de tal manera que le hiciera creer que estaba siendo sincero.

–Tú no me amas –dijo para protegerse–. Tú no

quieres sentir ninguna emoción; no quieres el amor en tu vida.

—Te amo —repitió él con la voz quebrada. Al ver que sus ojos se humedecían, Arianna creyó que se le iba a parar el corazón—. Sé lo que dije y lo creí durante mucho tiempo. Pero eso fue antes de conocerte.

Santino alargó una mano temblorosa para retirarle un mechón de pelo de la cara.

—Bastó verte para que mi mundo ordenado y controlado estallara en mil pedazos. Me enfureciste con tu arrogancia y me cautivaste con tu encanto, que pronto descubrí que no era meramente superficial. Eres hermosa por fuera y por dentro.

A Arianna le temblaron los labios.

—¿Cómo puedo creerte? Me has echado de tu lado dos veces. Me has roto el corazón, Santino —se pasó el dorso de la mano por los ojos—. Si no puedes amarme como yo te amo a ti, prefiero no tenerte.

— Tesoro mío — a Santino se le quebró la voz—. Si me das la oportunidad, dedicaré el resto de mi vida a demostrarte cuánto te amo. Lo eres todo para mí, Arianna.

La esperanza empezó a arraigar en el interior de ella.

—¿De verdad me amas? —susurró.

—Puede que esto te convenza —Santino sacó del bolsillo una caja de terciopelo. A Arianna le dio un vuelco el corazón cuando la abrió y le mostró una sortija de diamantes—. Será mejor que lo haga bien para que puedas contárselo a nuestros nietos —añadió él, arrodillándose sobre una pierna—. ¿Te quieres casar conmigo, Arianna? ¿Serás la madre de mis hijos y me amarás, tal y como yo te amaré, para siempre?

Arianna volvió a llorar, pero de alegría.

–No sé qué decir.

–Di que sí, *cara mia* –imploró él–, y hazme el hombre más feliz del mundo.

–Sí –dijo ella, sonriendo y tendiéndole una mano temblorosa para que le pusiera la sortija de compromiso.

–Te dije que deberías llevar siempre diamantes y desde ahora, así será –declaró Santino a la vez que se levantaba y la estrechaba entre sus brazos.

Sus labios reclamaron los de ella y los besaron con una tierna devoción.

–Te amo –Arianna se abrazó a su cuello y él la alzó del suelo–. Creo que deberías hacerme el amor ahora mismo.

Santino dejó escapar una risa ronca y dubitativa, como si no se pudiera creer que el amor los bendijera, que fuera suyo para siempre.

–Tus deseos son órdenes para mí, cariño –musitó contra los labios de Arianna.

Y reverenció su cuerpo con tanta devoción, con tanto amor, que Arianna terminó por creer que los cuentos de hadas podían convertirse en realidad.

Bianca

**Estaba embarazada del multimillonario...
¿Se convertiría también en su esposa?**

BAILE DE DESEO

Bella Frances

Lo único que le importaba al magnate italiano Matteo Rossini era restablecer el legado de su familia. Hasta que la encantadora bailarina Ruby Martin lo tentó a dejarlo todo por una noche de pasión. No obstante, cuando esta le confesó que estaba embarazada, Matteo se comprometió a ocuparse de su hijo. ¿Sería capaz de ignorar la fuerte atracción que todavía había entre ambos?

Acepte 2 de nuestras mejores novelas de amor GRATIS

¡Y reciba un regalo sorpresa!

Oferta especial de tiempo limitado

Rellene el cupón y envíelo a
Harlequin Reader Service®
3010 Walden Ave.
P.O. Box 1867
Buffalo, N.Y. 14240-1867

¡Si! Por favor, envíenme 2 novelas de amor de Harlequin (1 Bianca® y 1 Deseo®) gratis, más el regalo sorpresa. Luego remítanme 4 novelas nuevas todos los meses, las cuales recibiré mucho antes de que aparezcan en librerías, y factúrenme al bajo precio de $3,24 cada una, más $0,25 por envío e impuesto de ventas, si corresponde*. Este es el precio total, y es un ahorro de casi el 20% sobre el precio de portada. !Una oferta excelente! Entiendo que el hecho de aceptar estos libros y el regalo no me obliga en forma alguna a la compra de libros adicionales. Y también que puedo devolver cualquier envío y cancelar en cualquier momento. Aún si decido no comprar ningún otro libro de Harlequin, los 2 libros gratis y el regalo sorpresa son míos para siempre.

416 LBN DU7N

Nombre y apellido	(Por favor, letra de molde)
Dirección	Apartamento No.
Ciudad	Estado	Zona postal

Esta oferta se limita a un pedido por hogar y no está disponible para los subscriptores actuales de Deseo® y Bianca®.
*Los términos y precios quedan sujetos a cambios sin aviso previo.
Impuestos de ventas aplican en N.Y.

SPN-03

DESEO

Lo que iba a ser un matrimonio de conveniencia se fue convirtiendo en pasión

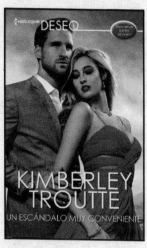

Un escándalo muy conveniente
KIMBERLEY TROUTTE

Un comprometedor vídeo había arruinado la reputación de Jeffey Harper. La propuesta de su padre de partir de cero conllevaba algunas condiciones. Para construir un nuevo resort de lujo en Plunder Cove, el famoso hotelero debía sentar antes la cabeza y celebrar un matrimonio de conveniencia. Jeffey no tenía ningún inconveniente en hacerlo hasta que la aspirante a chef Michele Cox le despertó el apetito por algo más picante que lo que un contrato permitiría.

Su compromiso había sido un accidente, pero entregarse a la pasión era deliberado...

FARSA APASIONADA

Cathy Williams

Matías Silva era un magnate dominante cuyas relaciones nunca duraban demasiado porque lo que le interesaba en la vida era ganar dinero. Hasta que su dulce amiga de la niñez, Georgie White, le confesó que le había contado a la madre de él que eran novios. Matías, que nunca hacía nada a medias, decidió que, si tenían fingir, lo harían bien, y se asegurarían de que la farsa fuese convincente. Pero al descubrir la inocencia de Georgie aquella relación ficticia se convirtió, de repente, en algo inesperado y deliciosamente real.

9